비 그친
오후의 헌책방

森崎書店の日々

MORISAKI SHOTEN NO HIBI

by Satoshi YAGISAWA

© 2010 Satoshi YAGISAWA

All rights reserved.

Original Japanese edition published by SHOGAKUKAN.

Korean translation rights in Korea arranged with SHOGAKUKAN

through THE SAKAI AGENCY and DANNY HONG AGENCY.

차례

일러두기

· 이 책은 八木沢里志의『森崎書店の日々』(小学館, 2010)를 번역함과 동시에
  앞서『모리사키 서점의 나날들』(블루엘리펀트, 2013)이라는 제목으로
  국내에 출간되었던 바 있는 책을 복간한 것이다.
· 장편소설은『』, 단편소설과 노래 제목은「」로 구분했다.

모리사키 서점의 나날

나는 여름이 시작된 때부터 다음 해 이른 봄까지 모리사키 서점 2층에 있는 빈방에서 책에 둘러싸여 지냈다. 해가 잘 들지 않고 비좁은 데다가 헌책들의 곰팡내까지 떠도는 방이었다. 하지만 지금까지 단 한 번도 그곳에서 보낸 날들을 잊은 적이 없다. 왜냐하면 그 서점은 내가 진정한 인생을 시작할 수 있는 계기를 만들어주었기 때문이다. 그곳에서의 날들이 없었다면 내 인생은 무채색의 단조롭고 쓸쓸한 나날일 뿐이었을 것이다.

결코 잊지 못할 소중한 장소.

모리사키 서점은 나에게 그런 곳이었다. 그곳에서의

추억들은 지금도 눈앞에 선하다.

사건은 청천벽력처럼 다가왔다.

나는 그날, 하늘에서 개구리가 비처럼 내리는 것보다도 더 놀랄 만한 일을 당해야 했다.

사귄 지 1년 된 연인 히데아키가 갑작스럽게 "나 결혼한다"라고 말을 꺼냈다.

처음 그 말을 들었을 때 내 머리는 물음표로 가득 찼다. "결혼하자"라는 말이었다면 아무 어려움 없이 이해할 수 있었을 것이다. "결혼하고 싶어"라고 말했다 해도 역시 뜻은 전달되었을 것이다. 하지만 "결혼한다"란 말은 정말로 이상했다. 결혼이란 서로의 동의하에 성립되는 서약이니까 어법상으로 봐도 완전히 틀린 말이었다. 그리고 그 가벼운 말투는 또 뭔가. 그의 말은 마치 "나 길가에서 100엔 주웠다"라는 말과 다름없이 가볍게 날아왔다.

6월 중순 금요일 저녁의 일이었다. 우리는 퇴근 후 신주쿠에 있는 이탈리안 레스토랑에서 식사를 하고 있었다. 호텔 맨 위층에 자리하고 있어 아름다운 야경이 내려다보이는 그 레스토랑을 우리는 좋아했다.

세 살 많은 직장 선배인 히데아키는 내가 입사했을 때부터 남몰래 마음에 담아두었던 사람이었다. 그와 함께 있는 것만으로도 내 마음은 트램펄린을 타는 것처럼 뛰었다. 그래서 오래간만에 단둘이 만난 그날 밤에도 무척 들뜬 기분으로 와인을 마시고 있었다.

그런데……

나도 모르게 "응?" 하는 말이 입에서 튀어나왔다. 잘못 들었나 싶었다. 하지만 그는 담담하게, 같은 말을 한번 더 반복했다.

"그러니까, 내년에 결혼하게 됐다고."

"결혼이라니, 누구하고 누가?"

"나랑 그 사람이랑."

으응? 나는 또다시 고개를 갸우뚱했다.

"그 사람이라니?"

그러자 이게 가당키나 한 소린가, 그의 입에서는 같은 직장의 다른 부서에서 일하는 여사원의 이름이 아주 당당하게 흘러나왔다. 나하고는 입사 동기인 그녀는 같은 여자가 봐도 절로 꽉 껴안아 주고 싶을 정도로 사랑스러운 여자였다.

그에 비해 나는 키도 유달리 크고 생김새나 몸매도 평범했다. 그렇게 사랑스러운 여자와 사귀고 있으면서 나에게 손을 내밀었다니.

들자 하니 두 사람은 2년 반 전부터 만나온 사이라고 했다. 우리보다 더 오랫동안 사귀었다는 뜻이다. 나는 그에게 달리 만나는 사람이 있는 줄은 꿈에도 몰랐다. 그럴지도 모른다고 의심한 적도, 그럴 가능성이 있다고 생각한 적도 없었다. 그가 우리의 관계를 회사 안에서 비밀에 부친 이유는 그냥 사람들을 대할 때 어색해지는 게 싫어서일 거라고 내 멋대로 생각했다. 하지만 이제 와서 보니 그에게 처음부터 나는 진지한 교제 상대라기보단 그저 놀이 상대에 지나지 않았다. 내가 둔했던 걸까, 아니면 그가 음흉했던 걸까.

어쨌든 이미 둘은 상견례를 마쳤고 다음 달에는 약혼 예물도 주고받을 거라고 했다. 머리가 어질어질했다. 머릿속에서 종이 때앵, 하고 울리는 것 같았다.

"결혼식은 아무래도 6월에 하고 싶다고 고집을 피워서 말이야. 그러면 올해는 이미 종쳤잖아. 그래서 지금부터……."

나는 그의 입에서 술술 흘러나오는 말을 멍청히 듣고 있었다. 그리고 "그래? 잘됐네" 하고 딱 한 마디만 중얼거렸다. 스스로도 놀라운 반응이었다.

"어, 땡큐. 그래도 뭐, 다카코하고도 가끔은 만나줄 수 있어" 하고 히데아키는 씨익 웃었다. 정말 아무렇지도 않다는 듯 평상시의 웃는 얼굴이었다.

멜로드라마였다면 나는 분명 이 시점에서 벌떡 일어나 와인이라도 확 끼얹었을 것이다. 하지만 나는 옛날부터 그 자리에서 즉각 감정을 표현하는 데 서툴렀다. 나중에 혼자가 되어 곰곰이 생각하지 않으면 본래 생각이 무엇이었는지도 모르는 스타일이었다. 게다가 그때는 머릿속에서 울리는 종소리가 너무 시끄러웠다.

몽롱한 의식으로 그와 헤어져 자취방으로 홀로 돌아왔다. 드디어 조금씩 머리가 냉정해지면서 슬픔이 북받쳐 올라오기 시작했다. 분노가 아니라 슬픔이었다. 너무나 존재감이 뚜렷해서 손으로 만질 수조차 있을 것 같은, 맹렬한 슬픔이었다.

끊임없이 눈물이 흘러나왔다. 아무리 울어도 조금도 가라앉을 줄을 몰랐다. 나는 불도 켜지 않고 방 한가운데에 무너지듯이 앉아서 울었다. 지금 흘러나오는 눈물이 석유라면 큰 부자가 될지도 모르겠네, 하고 바보 같은 생각을 하다가 그런 바보 같은 생각을 하고 있다는 사실 때문에 또다시 울었다.

아무라도 좋으니 나 좀 살려줘.

그렇게 애원했다.

하지만 입에서는 울음소리 외에 아무 것도 나오지 않았다.

그 후로도 참담한 나날이 이어졌다.

같은 직장에 다녔기 때문에 싫어도 그와 얼굴을 마주해야만 했다. 그가 아무 일 없었다는 듯이 나를 대해서 더 괴로웠다. 게다가 그의 약혼녀와도 종종 식당이나 탕비실에서 마주쳤다. 그녀는 그 사람과 나 사이의 일을 아는지 모르는지, 그때마다 눈을 반짝이며 생긋 미소를 띠고 눈인사를 보냈다.

그러다 보니 위장은 음식물을 거부했고 밤에도 잠을 잘 수 없었다. 체중은 순식간에 줄었다. 얼굴색은 화장으로 어떻게든 숨겼지만 맨얼굴로 있으면 죽은 사람 같은 흙빛이었다. 근무 중에 갑자기 눈물이 치솟는 바람에 화장실로 뛰어가 소리 죽여 우는 일도 몇 번이나 있었다.

2주 정도 지나 육체적으로도 정신적으로도 한계에 도달한 나는 마침내 상사에게 사표를 제출했다.

히데아키는 근무 마지막 날에 "회사 그만둬도 같이 밥 먹으러 가자!" 하고 밝게 말했다.

연인과 일, 양쪽을 한꺼번에 잃어버리고 나니 마치 우주 공간에 갑자기 내던져진 기분이 들었다.

규슈에서 태어나 그 지역의 대학교를 졸업한 후 취직을 위해 도쿄로 나온 내가 아는 사람이라곤 직장 사람들이 전부였다. 사람을 쉽게 사귀지 못하는 성격이라 직장을 나서면 그 넓은 도쿄 어디에도 친구가 없었다.

생각해 보면 나의 25년 인생은 늘 '적당히 적당히'였다. 적당히 유복한 가정에서 태어나, 적당히 좋은 대학교를 나와, 적당히 좋은 회사에 취직해서…… 그렇게 계속 무난한 인생을 보낼 거라고 생각했고 그것이 제법 마음에 들기까지 했었다. 행복의 절정도 없지만 밑바닥도 없다. 그것이 내 인생의 비전이었다.

히데아키와의 만남은 그런 나로서는 무척 특별한 사건

이었다. 늘 수동적이었던 나에게는 앞에 있기만 해도 좋아서 어쩔 줄 모르게 되는 사람과 연인 사이가 되는 일 자체가 기적과도 같았다. 그랬기에 이 사건으로 내가 받은 충격은 그만큼 더 컸다. 어찌할 바를 모른 내가 선택한 대처법은 오로지 잠에 빠지는 것이었다.

스스로도 놀랄 정도로 졸렸다. 아마도 현실에서 도피하려고 몸이 그렇게 반응했을 것이다. 나는 이불 속에 들어가면 바로 곯아떨어졌다. 나 혼자만의 우주 공간인 내 방에 틀어박혀 몇 날 며칠 동안 잠만 잤다.

한 달 정도 지났을까. 어느 날 밤, 눈을 뜨고 일어나 보니 내버려두었던 휴대전화에 부재중 전화가 와 있었다.

휴대전화 화면에 표시된 번호가 낯설었지만 그래도 음성메시지를 들어봤다. 갑자기 밝은 목소리가 튀어나와 "야아, 안녕" 하고 말하기 시작했다.

"다카코, 잘 지내니? 나야, 사토루 삼촌이야. 지금 서점에서 전화하는 거야. 나중에라도 괜찮으니까 연락 좀 줘라. 어이쿠, 손님이 왔네. 그럼 이만."

나는 고개를 갸우뚱했다. 사토루 삼촌? 누구지? 전혀 생각이 나지 않았다. 다카코라고 부르는 걸로 봐서는 잘

못 걸려 온 전화는 아닌 듯했고……. 서점이라니 무슨 소리지.

서점. 그 말을 몇 번이나 되풀이하다가 갑자기 생각이 났다.

사토루 삼촌, 그래, 사토루 외삼촌이야!

증조할아버지가 열었던 진보초의 서점을 외삼촌이 이어받았다는 얘기를 오래전에 엄마에게서 들은 기억이 났다. 고등학교 1학년 때 만난 이후로 벌써 얼추 10년 가까이 만나지 못했는데, 확실히 옛날에 들은 외삼촌의 목소리였다.

그 순간 싫다는 감정이 등골을 타고 흘렀다. 엄마의 사주를 받아 전화한 게 틀림없었다. 애인과 틀어져서 직장도 그만뒀다는 얘기를 엄마에게만 전했는데, 걱정된 엄마가 외삼촌에게 뭔가 부탁을 한 게 틀림없었다.

실은 나는 사토루 삼촌이 편치 않았다. 외삼촌은 구름에 떠 있는 듯 종잡을 수 없고 누구에게나 스스럼없이 대하는 사람인데, 그의 묘하게 실실거리는 느낌이 괴짜 같아서 싫었다.

어렸을 때는 삼촌의 그런 성격을 아주 좋아해서 엄마

와 도쿄의 외갓집에 갈 때마다 외삼촌 방에서 함께 놀기도 했다. 하지만 사춘기에 들어섰을 무렵에는 외삼촌의 그런 성격이 오히려 성가시게 느껴졌다. 더구나 그 무렵 외삼촌은 제대로 된 직업도 갖지 않은 채 갑작스럽게 어떤 여자와 결혼하여 친척들 사이에 한바탕 소동이 벌어졌다.

그러저러한 이유로 나는 외삼촌을 피했고, 도쿄에 온 뒤에도 외삼촌을 한 번도 찾아가지 않았다.

부재중 메시지를 들은 나는 다음 날 낮에 마지못해 전화를 걸어봤다. 그렇게라도 하지 않으면 엄마가 대마왕처럼 마구 화를 낼 모습이 눈앞에 선했기 때문이었다. 외삼촌은 내가 초등학교 저학년 때 이미 20대 중반이었으니까 지금은 벌써 마흔을 넘겼을 것이다.

벨 소리가 딱 한 번 울렸는데 전화를 받았다.

"네, 모리사키 서점입니다."

"아, 저예요, 다카코."

"오! 오!"

사토루 삼촌은 수화기 너머에서 갑자기 큰 소리로 외쳤다. 힘이 넘치는 건 옛날과 똑같았다. 깜짝 놀란 나는 수화기를 귀에서 멀찌감치 뗴었다.

"오래간만이야! 잘 지냈니?"

"아, 네. 그럭저럭요."

"도쿄에 와 있다는 건 알고 있었는데, 어째 한 번도 놀러 오지 않은 거냐."

"죄송해요. 일이 바빠서."

나는 적당히 둘러댔다.

"일은 관뒀다면서?"

갑자기 핵심을 찌르고 들어오는 바람에 나는 윽, 하고 말문이 막혔다. 이 사람에게서 상대를 위하는 세심한 배려를 기대할 수는 없겠구나. 외삼촌은 입심 좋게 "옛날이 그립구나" 같은 말을 일방적으로 떠들어대더니 갑자기 제안을 들이밀었다.

"그래서 말이야. 좀 생각해 봤는데, 당분간 어디 취직할 생각이 없다면 어때, 우리 서점에 와 있지 않을래?"

"네?"

갑작스러운 제의에 나는 완전히 쩔쩔맸다. 외삼촌은 연거푸 말했다.

"집세니 관리비니 무시 못 하지? 여기 오면 전부 공짜야. 뭐 서점 일을 좀 도와주면 도움이 되긴 하겠지만."

사정을 들어보니, 현재 사토루 삼촌이 서점을 혼자서 운영하고 있는데 허리가 아파 병원에 다녀오는 아침나절에 가게를 열어줄 사람이 필요하다는 거였다. 외삼촌은 구니타치에서 출퇴근하기 때문에 영업시간 외에는 서점에 나 혼자 있을 수 있다며 프라이버시도 제대로 보장하겠다고 말했다. 몇 년 전까지는 주거 공간으로도 사용했던 만큼 화장실에 욕조도 잘 갖춰져 있다고 했다.

나는 잠시 생각했다. 언제까지나 이런 상태로 있을 수는 없다. 돈도 곧 바닥이 날 것이다. 하지만 지금은 남에게 간섭받으며 살고 싶지 않았다.

"그렇게까지 신세 지고 싶진 않아요."

어떻게든 거절할 생각이었다. 하지만 외삼촌은 전혀 물러설 기색이 없었다.

"신세라니, 다카코라면 대환영이야."

"이거 모모코 외숙모도 알아요?"

말을 꺼내놓고 나는 얼른 입을 다물었다.

그랬다. 외삼촌의 부인인 모모코 외숙모는 몇 년 전에 집을 나가버렸다.

그 일을 두고 친척들 사이에 제법 소동이 일었다. 모모코 외숙모가 집을 나간 당시에는 외삼촌이 매우 낙담했던 모양이라 "저러다 몸이라도 상하는 건 아닐까" 하고 엄마가 몹시 걱정했었다.

나 역시 그 얘기를 듣고 외삼촌도 참 안됐구나, 왜 그런 일이 일어났을까, 하며 궁금해했던 게 기억났다. 결혼 당시 두 사람은 무척 사이가 좋았다. 모모코 외숙모도 마음씨 넓고 친절한 성품이라 그렇게 집을 나갔다는 사실이 믿기지 않았다.

내가 그런 기억을 떠올리며 머뭇거리고 있자 외삼촌은 "그럼 그렇게 하기로 결정한 거다" 하고 멋대로 결론을 지어버렸다.

"하지만 짐이 있어서요."

나는 어떻게든 빠져나가려고 했다. 그러나 외삼촌은 구니타치의 집에 빈 공간이 있으니까 큰 짐은 거기다 보관하고 간단한 짐만 가지고 오면 된다고 했다. 이미 모든 포석을 깔아놓은 것 같았다.

"너를 위해서도 그 편이 분명 좋을 거야. 나를 믿어."

믿으라니, 10년 동안이나 만나지 않은 사람을 어떻게

믿으란 말인가.

"그럼, 삼촌도 준비해 둘게."

외삼촌은 내 대답도 기다리지 않고 "손님이구나, 다음에 보자" 하고 말하고는 일방적으로 전화를 끊어버렸다.

나는 뚜- 뚜- 하는 발신음을 멍청히 듣고 있었다.

～～～

그로부터 2주 후 나는 진보초역에 서 있었다.

왜 이렇게 되어버렸나. 갑자기 내 인생이 감당할 수 없는 속도로 어지러워지고 있었다.

그 뒤 엄마에게 전화를 걸었더니, "규슈로 돌아오든가 사토루 삼촌 집으로 들어가든가 둘 중 하나야"라고 했다. 나는 할 수 없이 외삼촌 쪽을 택했다. 규슈로 돌아갔다가는 강제로 맞선을 보고 결혼하게 되면 두 번 다시 이곳으로 돌아오지 못할 것이 뻔했다. 고생해서 도쿄까지 올라온 나인데, 백기를 들고 고향에 갈 수는 없었다.

오래간만에 외출하려 하니 몸이 후들후들 떨렸다. 간신히 전철을 타고 가서 역에서 내리고 지상으로 올라오자

뜨거운 햇살이 한꺼번에 쏟아져 내렸다. 내가 잠만 자던 사이에 계절은 완연한 여름으로 바뀌어 있었다. 머리 위의 태양은 10대 남자아이같이 이글거렸다. 회사를 그만두던 날에는 아직 여름이 멀리 있었는데 이제 계절마저 나를 배신하는구나, 하는 생각이 들어 슬퍼졌다.

진보초에 온 것은 처음이었다. 할아버지의 집은 구니타치에 있었기 때문에 그동안은 이쪽에 올 일이 없었다.

나는 교차로의 신호등 앞에 서서 주위를 빙 둘러봤다.

아무래도 낌새가 묘했다.

큰길(외삼촌이 가르쳐준 야스쿠니도리)을 따라서 오로지 서점만 죽 늘어서 있는 게 아닌가. 오른쪽을 봐도 서점, 왼쪽을 봐도 서점.

상식적으로 서점은 큰길가에 하나만 있으면 족할 터였다. 그런데 이곳은 길을 따라 죽 늘어선 가게의 태반이 서점이었다. 산세이도, 쇼센 등 눈길을 끄는 대형 서점도 있지만 더 이채로운 것은 작은 헌책방들이었다. 그것들이 주르륵 늘어선 모습에서는 약간의 박력마저 느껴졌다. 반대쪽 스이도바시 방면 거리에 줄줄이 서 있는 커다란 회사 건물들이 이쪽 거리에 묘한 느낌을 더해주고 있었다.

점심시간이 되어 길거리로 몰려나온 직장인들 사이를 뚫고 교차로를 건너 서점들이 늘어선 거리 쪽으로 걸어갔다. 그리고 외삼촌이 가르쳐준 대로 중간에서 길을 꺾어 사쿠라도리라는 작은 골목으로 들어섰다. 거기도 당연하다는 듯이 헌책방이 빼꼭히 늘어서 있었다. 헌책 원더랜드네, 나는 마음속으로 중얼거렸다.

뜨거운 햇살을 받으며 외삼촌의 서점을 어떻게 찾아야 하나 고민하고 있자니 어느 가게 앞에서 한 남자가 이쪽을 보며 휙휙 손을 흔들고 있는 것이 아닌가. 더부룩한 머리에 굵고 검은 테 안경을 낀, 소년처럼 몸집이 작고 마른 남자. 반소매 체크 셔츠에 축 늘어진 면바지를 입고 샌들을 신은 그 모습은 확실히 예전에 본 기억이 있었다. 사토루 삼촌이었다.

"야아, 다카코가 맞구나."

만면에 미소를 지으며 외삼촌이 말했다.

가까이에서 보는 외삼촌은 옛날보다 훨씬 늙은 것 같았다. 눈가에는 깊은 주름이 숨길 수 없이 패여 있었고 불운한 소녀같이 새하얬던 피부에도 주름이 자글자글했다. 하지만 안경 속의 그 눈동자는 여전히 어린아이처럼 묘하게 반짝반짝 빛났다.

"계속 가게 앞에 나와 계셨던 거예요?"

"슬슬 올 때가 되었다고 생각해서 말이지. 글쎄 이 주변은 일대가 다 헌책방뿐이잖니? 길을 잃고 헤맬까 봐 네가 오는 걸 기다리고 있었어. 교복 입은 여자아이만 찾고 있었는데 다카코, 어느새 이렇게 어른이 되었니?"

당연하다. 내가 고등학교 1학년이던 시절, 할아버지의 1주기를 지내러 도쿄에 왔을 때 마지막으로 만났는데 그로부터 벌써 10년 가까이 시간이 지났으니까. 하지만 내가 기억하고 있던 외삼촌 그대로였다. 마흔을 넘어서도 구름 위에 둥둥 떠다니는 듯한 분위기는 조금도 변하지 않았다. 위엄이라는 말만큼 이 사람과 거리가 먼 단어가 또 있을까. 타인과의 거리감에 무척 민감하던 10대 중반에는 이 분위기를 어떻게 해석해야 할지 알 수가 없어서 대하기가 매우 힘들었다.

가만히 내 눈을 바라보는 외삼촌에게서 고개를 돌려 가게 쪽을 쳐다봤다.

"흐음, 여기가 외증조할아버지가 시작한 서점이구나."

'근대문학 전문·모리사키 서점'이라는 간판을 내건 가

게를 조금은 감개무량한 심정으로 바라봤다. 증조할아버지를 만난 적은 없지만, 할아버지가 세운 서점이 외삼촌까지 벌써 삼대나 이어지고 있다는 건 역시 대단한 일이었다.

서점 건물은 세워진 지 30년쯤 되었을까. 어쩌면 그보다 더 오래되었을 성싶었다. 목조로 된 2층짜리 작은 서점이었는데 유리문 안이 책으로 가득했다.

"증조할아버지가 다이쇼시대1912~1926에 연 서점은 스즈란도리에 자리 잡고 있었어. 지금은 이미 없어졌지만. 그러니까 여기는 2대째 '모리사키 서점'인 셈이지."

"그래요?"

"자 자, 안으로 들어가자."

외삼촌은 짐을 반강제로 빼앗아 들고는 서점 안으로 나를 이끌고 들어갔다. 들어서자마자 곰팡내가 코를 자극했다.

곰팡내 나, 하는 말이 저절로 나왔다. 외삼촌이 웃으며 말했다.

"비가 그친 아침처럼 촉촉하다고 말해줬으면 좋겠구나."

여기저기 다 책투성이였다. 해가 잘 들지 않는 다다미 8장(우리나라 평수로 따지자면 약 4평) 정도의 작은 공간에 들어가니 거기 있는 물건 모두가 쇼와시대1926~1989의 향기에 물들어 있는 것 같았다. 질서 있게 진열된 선반에는 문고본이나 단행본이 가득 차 있었고 전집 등 커다란 책은 벽 쪽에 쌓아 올려져 있었다. 책값을 받는 작은 계산대 안쪽으로도 책이 그득했다. 대지진이라도 일어나면 책 사태가 일어나 밑에 깔릴 것이 분명했다.

"여기, 책이 몇 권이나 되는 거예요?"

반쯤 기가 질려 물었다.

"글쎄다. 대충 6000권 정도일까."

"6000권!"

나는 괴상한 소리를 내고 말았다.

"우리 가게는 작으니까 그 정도가 한계야."

"근대문학 전문이라는 건 무슨 뜻이에요?"

"아, 우리 집은 일본의 근대 작가를 중심으로 다루고 있어. 한번 보렴."

외삼촌이 가리키는 대로 진열된 책등을 살펴보았다. 아쿠타가와 류노스케, 나쓰메 소세키, 모리 오가이 등등 내가 아는 작가 이름도 있었지만 대부분이 들어본 적조차 없는 작가였다. 사실 내가 아는 작가라 해봤자 고등학교 수업 때 읽은 정도지만.

"이렇게 많은 사람을 정말 잘도 모아놓으셨네요."

내 말에 외삼촌은 웃었다.

"이 주변의 서점 대부분은 이런 식으로 각자 전문 분야의 책을 취급하거든. 학술서 전문 서점도 있고 연극 각본만 취급하는 서점도 있어. 옛날 그림엽서나 사진 같은 걸 취급하는 별난 곳도 있고. 이 일대는 정말 세계 최대의 헌책방 거리야."

"세계 최대?"

"그럼. 어쨌든 여기는 메이지시대1867~1912부터 작가나 교양인들에게 사랑받아 왔던 문화의 중심지야. 서점이 많은 것도 그 무렵 학교가 이 부근에 많이 세워지면서 학술서를 다루는 가게가 급격히 늘어난 덕이고."

"그렇게나 오래전부터였다니."

"그래, 이 거리는 그런 역사가 있어. 모리 오가이나 다니자키 준이치로 같은 작가도 여기를 배경으로 한 작품을 썼고, 지금은 해외에서도 관광객이 많이 찾아오고 있지."

외삼촌은 마치 자기 일인 양 자랑스럽게 말했다.

"도쿄에 살면서도 전혀 몰랐어요."

나는 순순히 감탄했다. 게다가 하나를 물어봤을 뿐인데 이렇게 여러 가지를 자세히 설명해 주는 외삼촌에게도 솔직히 감탄했다. 취직도 하지 않은 채 게으르게 어슬렁거리며 살았다고 알고 있었는데 외삼촌은 뜻밖에도 매우 박식했다. 그러고 보면 어렸을 때 놀러 갔던 외삼촌의 방에도 역사책이나 철학서가 그득했었지.

"언제 시간 내서 이 부근을 한번 돌아보렴. 재미있는 곳이 많이 있으니까. 일단 오늘은 방으로 안내할게. 2층은 장서로 가득 차 있지만 방은 넓단다."

2층 방을 들여다본 나는 그 자리에서 졸도할 뻔했다. 서점에 미처 다 전시되지 못한 '장서'가 탑처럼 방 여기저기에 쌓아 올려져 있어서 발 디딜 틈조차 없었다. 마치 SF 영화에 나오는 근미래 도시의 전경 같았다. 오래된 에어컨이 풀 회전하고 있었지만 그래도 송골송골 땀이 솟았다. 어디선가 멀리서 매미 우는 소리가 시끄럽게 들려왔다.

나는 냉랭한 시선으로 옆에 선 외삼촌을 바라봤다. 어딜 봐서 이게 '삼촌도 준비해 둘게'의 상태란 말인가. 이래

선 생쥐 한 마리도 여유롭게 발 뻗고 자지 못할 것 같았다.

"아, 그게, 네가 오기 전에 정리하려고 했었는데……."

외삼촌은 덥수룩한 머리를 긁으며 변명했다.

"외삼촌이 말이야. 사흘 전에 또 허리를 삐끗했지 뭐
니. 헌책방 주인의 숙명이지. 그래도 책의 반은 옆의 빈방
으로 옮겼어. 이제 나머지 반만 옆방으로 착착 옮겨놓으
면 느긋하게 지낼 수 있어."

마침 그때 아래층 유리문이 열리는 소리가 났다. 외삼
촌은 "미안" 하며 도망치듯이 계단 아래로 내려가 버렸다.

나는 방을 둘러보고 후유 하고 한숨을 쉬었다. '착착'
이라니 참 말은 쉽네. 한 방 얻어맞은 기분이었다. 하지만
이미 살던 집을 해약했으니 여기서 살 수밖에 없다. 각오
를 한 나는 방 정리에 들어갔다.

그날은 하루 종일 책과 격투를 벌였다. 땀범벅이 되어
산처럼 쌓인 책을 옆방으로 아무렇게나 집어던졌다. 조금
이라도 틈을 보이면 책들은 마치 신의 분노를 건드린 바
벨탑같이 무너져 내렸다. 그럴 때마다 책을 향한 나의 증
오심도 더해만 갔다.

밤이 되었을 때에는 그럭저럭 반 정도를 옆방으로 옮

겨놓을 수 있었다. 조난당했던 밥상도 구출했다. 옆방에
책을 천장 가까이까지 쌓아두고 나니 너무 무거워서 바닥
이 꺼질까 싶어 조금 걱정이 됐다. 하지만 튼튼해 보이는
집이니까 괜찮을 거야, 하고 마음을 달랬다. 청소기를 돌
려 주위에서 악령같이 춤추던 먼지와 쓰레기를 빨아들이
고 벽과 다다미를 걸레로 닦아내자, 그런대로 사람이 살
수 있을 만한 모양새가 됐다.

얼마간 만족감에 싸여 방 입구에 두 발로 딱 버티고 서
있는데 서점을 닫은 외삼촌이 올라왔다.

"오, 정리했구나. 훌륭해. 네가 19세기 후반의 영국인
이었다면 분명 굉장한 메이드가 되었을 거야." 영문을 알
수 없는 말이었다.

아이구야, 앞으로 이 사람하고 지내야 한다니.

"난 이제 지쳤어요. 잘 거예요."

"그래, 오늘은 푹 쉬어라. 그럼 내일 아침부터는 부탁
할게."

외삼촌이 가게를 떠나자마자 나는 재빨리 목욕을 한
다음 머리도 말리지 않은 채 곰팡내 나는 이불 속으로 기
어 들어갔다.

불을 끄자 갑자기 방이 쥐 죽은 듯 조용해졌다. 사방에 쌓여 있는 책이 모든 소리를 흡수한 것 같았다.

어두컴컴한 천장을 멍하니 바라보면서, '당분간 여기서 사는 거구나. 도저히 익숙해질 것 같지가 않은데' 하고 생각했다. 그러자 불안한 기분이 덮쳐왔다. 하지만 그것도 아주 잠깐이었다. 1초 후에는 벌써 쿨쿨 잠이 들어버렸다.

꿈속에서 나는 미래도시에 사는 안드로이드 메이드였다. 그 거리의 모든 건물은 헌책으로 만들어져 있었다.

다음 날 아침 눈을 떴을 때 나는 내가 어디에 있는지 도통 알 수가 없었다. 문득 옆에 놓은 자명종에 시선이 갔다. 시곗바늘은 벌써 10시 22분을 가리키고 있었다.

순간 정신이 확 들면서 "아!" 하고 자리를 박차고 일어났다. 서점은 10시에 문을 연다고 했다. 자기 전에 8시에 자명종을 맞춰놨는데 언제 그랬는지 그것도 멈춰져 있었다. 도대체 누가 이런 장난을? 물론 내가 그랬겠지.

이런 실수를 저지르다니. 원래 아침에 벌떡 잘 일어나서 회사 생활 3년 동안 단 한 번도 지각한 적이 없는 게 자랑이었는데.

나는 자고 일어나서 멋대로 뻗친 머리를 만질 생각도
못 한 채 잠옷 바람으로 계단을 뛰어 내려가 서둘러 무거
운 셔터를 밀어 올렸다. 그 순간 여름 햇살이 와락 실내로
비쳐 들어왔다. 이미 거리에 마주 서 있는 다른 모든 가게
가 문을 연 상태였다.

어떡하지. 아침 장사를 놓쳐버린 걸 외삼촌에게 뭐라
고 변명하지? 나는 잠옷 차림으로 반쯤 정신 나간 사람처
럼 30분 정도 계산대에 그대로 앉아 있었다.

하지만 놀랍게도 서점에는 아무도 들어오지 않았다.
그 후로도 손님이 들어올 기미는 전혀 보이지 않았다. 몇
몇 사람들이 거리를 지나갔지만 모두 담담히 지나쳐 갈
뿐이었다. 나는 스스로가 바보 같다고 생각하면서 느릿느
릿 위로 올라가 옷을 갈아입고 머리를 빗은 뒤 가벼운 화
장까지 한 다음에 다시 아래로 내려왔다.

점심때쯤이 되어서야 드디어 사람들이 조금씩 들어왔
다. 하지만 대부분은 한 권에 50엔이나 100엔 하는 문고
본을 사 갈 뿐이었다. 이래서야 서점이 유지될까, 하는 괜
한 걱정이 들었다. 나는 서른 번 쯤은 하품이 나오는 것을

틀어막고 두 번쯤은 꾸벅꾸벅 졸았다.

1시에 머리 꼭대기가 시원스럽게 벗어지고 땅딸막한 아저씨가 들어왔다. 그는 계산대에 앉은 나를 보더니 "어라?" 했다.

"사토루 씨는? 그보다 댁은 누구? 아르바이트? 여기는 사람을 고용할 만큼의 여유가 없을 텐데?"

아저씨는 나에게 연거푸 질문을 해댔다. 굉장히 친근한 척 구는 아저씨였다.

"그게, 그러니까, 삼촌은 오늘 2시쯤에 나오실 거예요. 저는 조카 다카코입니다. 아르바이트라고 할 수 있는 건지는 모르겠지만 어쨌든 여기서 지내요. 여기 경제 사정은 모르고요."

내가 그렇게 술술 대답하자 아저씨는 "호오" 하며 흥미롭다는 표정으로 나를 가만히 바라봤다.

"이거 이거, 사토루 씨한테 이렇게 젊고 귀여운 조카가 있는 줄은 몰랐군."

나는 생긋 웃어주었다. 조금 전의 추태를 들키지 않아서 천만다행이었다. 사람이 꽤 좋아 보이는 아저씨였다. 온화해 보이고 무엇보다 보는 눈이 있었다.

"자아, 오래간만에 시가 나오야나 읽어볼까. 글쎄 우리 부인께서 일전에 집에 있던 책 태반을 여기에 와서 다 처분해 버렸지, 아마?"

아저씨는 선반 사이를 왔다갔다하면서 말했다. 하지만 그걸 내가 어찌 알겠는가. 오늘 처음 만났는데.

"그게 어디 있었더라?"

"뭘 말씀하시는 건가요?"

"그러니까 시가 나오야 말이야."

"아, 네. 으음, 아마도 거기 어디쯤에⋯⋯."

갑자기 아저씨는 나를 향해 험악한 시선을 날렸다.

"자네, 책은 읽나?"

"아뇨, 전혀."

내가 생글생글 웃으며 대답하자 그 즉시 아저씨의 얼굴이 도깨비 형상으로 변했고 눈에는 번쩍 빛이 났다.

그때부터 아저씨의 장광설이 시작됐다. 요즘 젊은이들은 책은 안 읽고 컴퓨터니 게임이니 그런 것만 해대니 구제불능이다. 책을 읽는다고 해봤자 기껏해야 만화나 인터넷소설 같은 얄팍한 것만 읽는다. 우리 아들도 벌써 서른 가까이 되는데 게임만 하고 앉아 있다. 그래 갖고 이 세상이 어떻게 굴러가는지 알 수 있겠나. 그런 얄팍한 인간이 되고 싶지 않다면 여기 있는 훌륭한 책들을 좀 읽으라고.

아저씨는 그런 얘기를 거의 한 시간 가까이 늘어놓고 나서야 돌아갔다. 그렇게 오랜 시간 훈계를 해놓고는 결국 아무것도 사지 않고 갔다. 왠지 피로감이 확 몰려와서 30분쯤 뒤에 사토루 삼촌이 왔을 때는 마치 구세주라도 온 것 같았다.

"어땠니? 뭐 힘든 일은 없었니?"

외삼촌은 서점에 들어서자마자 바로 장부를 확인하며 물었다.

"없었어요."

나는 녹초가 되어 말했다.

"하지만 점심 지나서, 민들레 홀씨가 양옆에만 남고 나머지는 전부 날아가 버린 것 같은 머리를 한 사람이 와서 이것저것 얘기하고 갔어요."

"아, 사부 씨구나. 20년 된 우리 집 단골손님이야."

내 입에서 저절로 싱거운 웃음이 나왔다. 정말 사부라는 예스러운 이름이 딱 어울렸다.

"그 사람은 말이지, 일본 문호들을 정말 많이 사랑해.

35

그래서 얘기가 길지. 나도 가끔은 힘들어. 그래도 뭐 차라도 내주고 응응, 하며 대꾸하고 있으면 그러는 사이에 집으로 돌아가."

으음, 손님 장사라는 것도 여러 가지로구나, 하고 나는 속으로 생각했다. 단골손님이라는 말 자체가 어쩐지 이시대와 어울리지 않는 단어 같았다.

"그런데 삼촌."

나는 오늘의 첫 번째 의문을 기억해 냈다.

"왜?"

"이 서점 괜찮아요? 손님이 너무 없는 데다가 책을 사도 싼 것만 사 가고……."

외삼촌은 유쾌하게 소리 내어 웃었다.

"그러게 말이다. 요즘은 헌책이 잘 안 팔려. 아버지가 젊었을 무렵에는 헌책방이 굉장히 돈을 잘 벌었던 모양이지만. 그때는 지금같이 책이 대량으로 쏟아져 나오지도 않았고 텔레비전도 없었으니까 상황이 완전히 달랐겠지. 그래도 우리는 6년 전부터 인터넷 판매도 하고 있고 한 권에 몇만 엔씩 하는 희귀본도 가끔 팔리니까 그럭저럭 유지는 돼. 사부 씨를 비롯해서 아버지 대부터 단골이었던 손님들도 나름대로 응원해 주고 있고 말이지. 다카코 넌 헌책방에 안 가봤니?"

"북오프*라면 가끔 가요. 만화를 읽을 수 있으니까."

"그래, 지금은 그런 대기업에서 운영하는 대형 체인점뿐이지. 그런데 그런 곳에서는 여기 있는 것 같은, 몇십 년도 더 전에 쓴 작가의 책은 놔두지를 않아. 수요가 없기 때문이지. 하지만 세상에는 이런 고서를 좋아하는 사람도 많단다. 다카코 너랑 비슷한 나이의 젊은 세대 중에도 그런 사람이 있어. 그런 사람들한테 여기는 천국이나 마찬가지야. 이런 말을 하는 나부터가 그중 한 사람이고."

"흐음, 하긴 삼촌 방도 책이 한가득 있었죠. 삼촌은 여기를 물려받은 지 얼마나 되셨어요?"

"으음, 아버지가 쓰러지셨을 때부터니까, 벌써 10년이 좀 넘었나. 뭐 나 같은 사람은 다른 서점 주인에 비하면 아직 햇병아리야. 다들 30년, 40년 동안이나 서점을 하고 있으니까."

"와, 굉장하네요. 전 이해하기 어려운 세계예요."

---

* 일본 최대의 중고 서적 체인점.

"다카코 너도 읽어보면 좋을 거야. 여기 있는 책은 아무거나 읽어도 돼."

외삼촌은 싱글싱글 웃음을 지으며 그렇게 말했다. 나는 그저 아하하, 하고 웃기만 했다.

~~~

그 후로는 늦잠 자는 일 없이 어떻게든 가게 일을 해냈다. 다행스럽게도 가게는 점심때까지는 한가했기 때문에 나는 계산대 안쪽에 앉아 그저 멍하니 있기만 하면 됐다.

방을 옮겼다고 해서 내 생활이 크게 달라지진 않았다. 아침에 일어나면 우선 서점을 열고 외삼촌이 올 때까지 가게를 지키다가 외삼촌이 오면 거기서 끝. 나는 느릿느릿 계단을 올라가 또다시 이불 속으로 파고 들어가서 잠을 청했다.

방은 생활에 필요한 최소한의 물건밖에 갖춰져 있지 않아서 사람 사는 곳이라고 부르긴 어려웠지만, 나한테는 딱 좋았다. 세상에서 벌어지는 일 따위 다 팽개쳐 버리고 그저 잠만 자고 싶었으니까.

사토루 삼촌은 점심때가 지나서야 일반 회사원에게라면 도저히 용납되지 않을 느슨한 복장을 하고 가게에 나타났다. 맨 먼저 가게 장부를 확인하고 인터넷으로 들어온 주문을 확인하고 전화로 누군가와 서점 일과 관련해 이것저것 얘기했다.

"아, 이거 참, 그렇군요."

"이거 참 어렵네요."

"이 부분을 어떻게든 해내야죠."

경영 상태에 대해서 한탄하고 있는 건지, 외삼촌은 종종 전화에 대고 그런 말을 했다. 하지만 그 말투는 어딘가 신이 난 것 같기도 했다.

좀 의외였던 건 헌책방 업계에 상당히 큰 네트워크가 존재한다는 사실이었다. 외삼촌의 얘기로는 서점의 책이 떨어지지 않는 것도 그런 네트워크나 인맥 덕을 크게 보기 때문이라고 했다. 필요할 때에는 네트워크를 통해 책을 대량으로 매입할 수도 있다고 했다.

특히 모리사키 서점 같은 전문 서점은 책을 팔려고 가져오는 손님에게만 의존하면 도저히 물량을 맞출 수 없기 때문에, 헌책방 조합 등이 정기적으로 여는 경매에서 필요한 책을 확보하는 일이 중요한 모양이었다.

"그래, 개인 사업이라 해도 이 업계는 사람들과의 관계가 무엇보다도 중요해. 뭐 여기만이 아니라 세상사 어디에나 해당되는 말이겠지만."

외삼촌은 의기양양한 얼굴로 말했다.

그러나 아무리 외삼촌이 의젓하게 말해도 외삼촌의 이미지는 내가 할아버지에게서 느꼈던 '고서점 주인'의 이미지와는 상당히 달랐다.

할아버지는 실로 완고하기가 이를 데 없는 성격에 말수도 적었다. 친척 모임에서는 일가의 기둥으로서 중심을 잡고 있었는데, 아이였던 내가 할아버지를 무서워하면 할머니는 웃으며 "저 사람은 헌책방 아저씨라서 어쩔 수가 없구나" 하고 말했다.

그에 반해 외삼촌은 연체동물처럼 물러터졌다. 처음으로 이렇게 많은 시간을 함께 보내는 동안 무엇보다도 그 점이 가장 인상적이었다. 모모코 외숙모는 외삼촌의 그런 점이 싫증 나서 집을 나갔을 거야, 하고 근거 없는 추측까지 하게 되었다. 물론 찾아오는 단골손님들은 외삼촌을 꽤 호의적으로 대했지만.

우리는 일에 대한 것 말고는 별로 얘기를 나누지 않았는데, 일주일쯤 지났을 무렵 외삼촌이 더 이상은 못 참겠다는 얼굴로 말했다.

"너는 어떻게 늘 잠만 자니? 꼭 수면괴물 같구나."

"잠이 많을 나이예요."

나는 차갑게 되받아쳤다. 간섭하고 싶어 근질근질하는 외삼촌의 페이스에 말려 들어가면 안 된다.

"스물다섯 살은 졸린 나이인가."

외삼촌은 천연덕스럽게 말을 받았다.

"그래요. 잘 자는 아이가 잘 커요."

"하지만 모처럼 시간이 생긴 거잖니. 이 동네 주위를 산책해 보는 건 어때? 재미있는 곳이 많다니까. 외삼촌도 어렸을 때부터 수시로 여길 돌아다녔는데 아직껏 질리지 않았어."

"됐어요. 저는 자는 편이 좋아요."

외삼촌 쪽은 아직 하고 싶은 말이 더 있는 것 같았지만 나는 그 말 한 마디로 대화를 강제로 끊어버렸다. 그 뒤로는 돌처럼 뚱한 얼굴을 하고 외삼촌이 무슨 말을 해도 대답하지 않았다.

말하자면 나는 흥, 하고 토라진 것이다. 외삼촌은 내게 일어난 일들을 엄마에게 전해 들어 어느 정도 알고 있을 게 틀림없었다. 그런데도 내 사정엔 아무 관심도 없다는 듯이 태연히 그렇게 말하는 것이 싫었다.

어느 날은 단골손님인 사부 씨까지 어떻게 알았는지 "오, 수면괴물 다카코 씨" 하면서 놀렸다.

"누구한테 그런 말을 들으셨어요?"

나는 울컥해서 사부 씨에게 물었다. 하지만 외삼촌 말고는 그런 말을 할 사람이 달리 있을 리 없었다. 진짜 화가 났다.

"열다섯 시간이나 자면 질리지 않나?"

"열다섯 시간이나 자다니요. 대충 열세 시간 정도밖에 안 잤어요."

내가 말을 고치자 사부 씨는 질렸다는 듯이 고개를 흔들었다.

"내가 20대였을 때에는 정말 자는 시간도 아껴 가며 책을 읽었는데."

"저는 자기로 했으면 자야 해서요."

"그런 고집스러운 데가 사토루 씨하고 똑 닮았어."

"어머, 누가 그런 숙맥 같은 사람을 닮았다는 거예요?"

"그런 독특한 유머 감각도 비슷해."

사부 씨는 그렇게 말하더니 쿡쿡쿡 웃었다.

"안 닮았다니까요. 똑같이 취급하지 마세요."

"어허. 그 사람, 그렇게 가볍게 볼 만한 인물이 아니야."

사부 씨는 갑자기 진지한 목소리로 말했다.

"숙맥일지는 몰라도 이 서점의 구세주니까."

"구세주요?"

나는 눈을 동그랗게 뜨고 되물었다.

"그래. 한번 본인에게 직접 물어봐."

의미심장한 말을 남긴 사부 씨는 "아디오스" 하고 손을 흔들며 서점을 나갔다.

아무래도 상관없어. 외삼촌이 구세주든 뭐든 무슨 상관이야. 나는 다시 이불 속으로 파고 들어가 푹 자는 일만을 바랄 뿐이었다.

사실 스스로도 어이가 없을 정도로 자고 또 잤다. 사부 씨에게는 열세 시간이라고 말했지만 서점이 쉬는 날에는 그야말로 온종일 잤다. 자도 자도 또 자고 싶었다. 잠이 들어 꿈속에 빠지면 나쁜 기억을 떠올리지 않을 수 있다. 꿈은 엄청나게 달콤한 꿀이었다. 나는 꿀벌처럼 꿈을 찾아 날아다녔다.

깨어 있는 시간에는 아무리 생각하지 않으려고 애를 써도 자꾸만 히데아키가 떠올랐다. 그가 웃는 모습, 내 머리카락에 와 닿는 그의 손도 떠올랐고, 조금 이기적인 태도와 음치 콤플렉스, 의외로 잘 울던 모습도 떠올랐다. 스스로도 바보 같다고 생각했지만 함께 있을 때 나는 그의 그런 모습 모두를 좋아했고 그리고 행복해했다. 그런 추억이 세포에까지 새겨져 있는지 좀처럼 사라지지 않았다.

때때로 그가 결혼한다 했던 말이 사실 전부 거짓말이었던 게 아닐까, 하는 생각이 들곤 했다. 그냥 장난친 거야, 거짓말일 거야, 나를 놀리고 싶었던 것일 뿐이야, 하고. 하지만 물론 그렇지 않았다. 그랬다면 내가 여기에 와 있을 리 없으니까.

나는 자꾸만 밀려오는 이런 생각을 떨쳐내기 위해서라도 고집쟁이라는 소리를 듣건 말건 계속해서 잤다.

시간은 되돌릴 수 없을 만큼 빠르게 흘러갔다.

"다카코, 자니?"

여름이 끝나가는 어느 날 밤, 미닫이문 너머에서 외삼촌이 말을 걸어왔다. 시계를 보니 벌써 저녁 8시. 서점 문을 닫을 시간이었다.

"자요."

나는 이불 속에서 대답했다.

"자는 사람이 어떻게 대답하니?"

"하지만 자고 있어요. 전 수면괴물이니까."

아하하, 하고 미닫이문 건너편에서 외삼촌의 웃음소리가 들렸다.

"화났니? 사부 씨한테 얘기해서."

"화났어요. 사람을 게으름뱅이 취급하고."

"뭘 그런 걸 가지고. 난 네가 걱정돼서 그만. 그 사람이 다카코 널 마음에 들어 하면서 이것저것 물어왔거든. 있지, 잠깐 나오지 않을래? 지금 다녀올 곳이 있는데 같이 갈까?"

"됐어요."

나는 미닫이문을 향해 딱 잘라 대답했다. 하지만 외삼촌도 물러서지 않았다.

"손해 볼 일은 절대 없어. 응? 이번에 같이 가면 앞으로는 네가 잠자는 것에 대해서 일절 간섭하지 않겠다고 약속할게."

"정말이에요?"

나는 의심쩍어하면서 물었다.

"그럼, 손가락 걸고 약속할게. 거짓말이라면 내 손목을 300번 때려도 좋아."

어쩔 수 없이 나는 벌떡 일어나 손으로 대충 머리를 빗어 내리고는 미닫이문을 조금 열었다.

"약속하신 거예요."

내가 미닫이문 틈새로 노려보자 외삼촌은 싱글싱글 웃으며 고개를 끄덕였다.

"응, 약속할게."

외삼촌의 목적지는 모리사키 서점에서 엎어지면 코 닿을 데에 있었다.

"여기야."

뒷골목에 있는 한 가게 앞에 외삼촌이 멈춰 섰다. 지금은 그리 쉽게 찾아볼 수 없을 것 같은 오래된 목조 건물의 카페. 어쩐지 턱수염을 기른 텁텁한 중년 남자가 사장일 것만 같은 그런 집이었다.

'스보루'라는 카페 간판이 어둠 속에서 조명을 받아 흐릿하게 떠올라 있었다.

"내 단골 가게야."

외삼촌이 무거워 보이는 문을 있는 힘껏 열자 향긋한 커피 내음이 코끝을 스쳤다.

"어, 사토루 씨. 어서 오세요."

카운터석 너머에 서서 사이펀에 끓는 물을 붓고 있던 남자가 우리를 향해 인사했다.

"안녕하세요, 사장님. 이쪽은 내 조카 다카코예요."

"아, 안녕하세요."

작은 카운터석에 외삼촌과 나란히 앉은 나도 고개를 까딱 숙여 인사했다. 카페 사장은 턱수염은 없었지만 늘씬하고 차분한 느낌이었고 얼굴에 위엄이 가득했다. 나이는 40대쯤 되는 것 같았다. 속으로 나는 외삼촌도 나이를 먹으려면 좀 이 사람같이 먹어봐요, 외삼촌은 발끝도 못 따라가겠네, 하는 생각을 했다.

"난 블렌드 커피로요. 다카코 너는?"

"그럼 저도 그걸로."

나는 가게 안을 빙 둘러봤다. 전등이 엷게 빛을 뿌리는 속에서 흘러나오는 차분한 피아노곡이 마음을 편안하게 해주었다. 이곳을 다녀간 손님들의 낙서로 메워져 거무스름해진 벽돌 또한 가게의 부드러운 분위기와 훌륭하게 조화를 이루고 있었다. 정말 기분 좋은 곳이라는 생각이 들자 오랜만에 가슴이 뛰는 게 느껴졌다. 아주 조금 기운이 났다.

"이 가게, 50년도 더 됐어. 옛날에 저명인사들도 많이 왔었고."

"그래요? 역시 이 안정된 분위기는 금방 만들어진 게 아니군요."

외삼촌의 설명에 나는 고개를 깊이 끄덕였다.

5분쯤 지나자 젊은 여자 종업원이 커피 두 잔을 가져다줬다.

"모리사키 씨, 안녕하세요?"

"어, 도모 짱. 여긴 내 조카 다카코."

"안녕하세요."

내가 머리를 숙이자 도모 짱이라고 불린 젊은 여자도 "안녕하세요" 하며 생긋 웃었다.

"도모 짱은 우리 서점 단골이야. 독서가지."

"그 정도는 아닌걸요."

도모 짱은 그렇게 말하며 수줍게 웃었다. 나이는 나와 비슷하거나 조금 아래로 보였다. 뺨은 포동포동하고 피부가 하얘서 귀여운 인상이었는데 말하는 투는 좀 어른스러웠다. 검은색 에이프런 차림이 잘 어울렸다. 왠지 모르게 마음이 잘 맞을 것 같은 예감이 들었다.

"뭐야, 다카코. 여자 쪽이 더 좋니? 여기에는 젊은 남자도 있단다."

외삼촌은 그렇게 말하면서 계산대 안쪽을 향해 손을 흔들었다.

"다카노 군."

"모리사키 씨, 안녕하세요."

호리호리하니 키가 큰 젊은 남자가 주방에서 쑥 얼굴을 내밀더니 외삼촌에게 인사했다.

"다카노 군, 언제 한번 우리 조카랑 데이트 좀 해줘."

"무슨!"

나는 외삼촌의 손을 찰싹 때렸다.

다카노 군이란 사람은 부끄러움을 많이 타는 듯 그 말 한마디에 얼굴이 빨갛게 물들었다.

"다카노 군은 언젠가 자기 카페를 열고 싶다면서 여기 서 배우고 있는 거래. 하지만 실수투성이라 사장님께 맨 날 야단만 맞아."

외삼촌은 '야단맞는다'는 부분을 꽤나 즐거운 듯이 말 했다.

"모르고 들으면 완전히 오해하겠어요."

사장님이 틈을 주지 않고 끼어들었다. 안됐다고 생각 하면서도 살짝 밀기만 해도 쓰러질 것같이 가냘픈 다카노 군을 보니 외삼촌이 하는 말에도 일리가 있겠다는 생각이 들었다.

그 뒤로도 외삼촌은 계속 활기가 넘쳤다. "어머, 사토 루 씨" 하는 소리가 들려오자, "오오, 시바모토 부인" 하 고 가까운 자리에 앉은 중년 여성에게 꼬리를 흔들며 그 쪽으로 옮겨 갔다. 그러다 다른 테이블에서 말을 걸어오 면 다시 그쪽으로 잽싸게 이동했다.

서점에 있을 때는 그나마 점잖기라도 했는데 한 걸음 밖으로 나오니 이렇구나. 나는 개한테 농락당하는 주인이 된 심정으로 한숨을 쉬었다.

"'사토루 씨'라고 하면 이 주변에서는 다 통하거든."

사장님은 싱겁게 웃으며 나에게 말했다. 웃으니까 눈가에 부드럽게 주름이 생겼다.

"친화력만큼은 인정하죠."

나는 야유를 섞어 말했다.

"아무튼, 이렇게 맛있는 커피는 처음이에요. 게다가 가게 분위기도 무척 멋지고요."

사장님은 후후후, 하고 낮은 소리로 웃었다.

"고마워요. 이런 가게에 처음 와본 젊은 사람들은 신선한 느낌을 받는 모양이에요. 다카코 씨라고 했지요? 이 근처는 처음인가요?"

"네, 처음이에요. 최근에 삼촌 가게에서 살기 시작했어요."

"그래요? 모리사키 서점에……. 잘됐네요. 부디 진보초의 생활을 즐기길 바라요."

"으음."

나는 떨떠름한 얼굴로 웅얼거렸다.

"왜요?"

"삼촌도 같은 말씀을 하셨거든요."

"당연하지요. 사토루 씨만큼 이 거리를 사랑하는 사람은 없거든요."

"전 잘 모르겠던데요."

또다시 웅얼웅얼 대답했다.

"아, 하지만 이 가게가 멋지다고 말한 건 진심이에요. 다시 오고 싶어요."

"그래요, 언제든지 와요."

사장님은 그렇게 말하고는 눈을 가늘게 뜨고 웃었다.

꽤 오랜 시간 머물다가 밤이 깊어서야 카페에서 나온 우리는 어슬렁어슬렁 거리를 걸었다. 완연히 가을이 됐는지 뺨에 닿는 밤바람이 차가웠다.

외삼촌은 나중에 주문한 맥주 한 병을 마시고 꽤 취한 듯 "좋은 밤이구나" 같은 혼잣말을 하며 흐트러진 발걸음으로 내 앞을 걸어갔다.

생각해 보니 이렇게 외삼촌과 함께 걷는 건 어렸을 때

이후로 처음이었다. 그 시절에는 둘이서 손을 잡고 탐험을 한다면서 할아버지 집 근처를 온종일 걸으며 돌아다녔다. 무엇이 그렇게 즐거웠을까. 나는 꺅꺅 소란을 떨며 난리를 떨곤 했다. 외동이고 내성적인 아이였던 나에게 외삼촌은 나이 차이가 많이 나는 자상한 오빠 같아서 좋았다.

멍하니 그런 생각을 하고 있자니 외삼촌의 작고 지저분한 방에서 엉터리 기타 연주에 맞춰 함께 비틀즈의 노래를 부른 일, 데즈카 오사무나 이시노모리 쇼타로의 만화를 정신없이 보던 일 등등 추억들이 머릿속에 선명하게 되살아났다. 그러자 앞에서 걸어가는 외삼촌에게서 그 시절 느꼈던 친근함이 아주 조금 되살아나는 느낌이 들었다.

"있잖아요, 사토루 삼촌."

나는 문득 그 미덥지 않은 등에 대고 말을 걸어봤다.

"응?"

이쪽을 돌아본 외삼촌은 평소의 소년 같은 눈동자로 나를 바라봤다.

"삼촌은 제 나이 때 뭐 하셨어요?"

"글쎄다, 그때는 책만 읽었나."

"그것뿐이에요?"

조금 실망했다.

"그건 지금과 별로 다르지 않은 것 같은데…….."

"그리고, 여행."

"여행?"

"그래, 아르바이트로 돈을 모아서 여행을 떠났지. 배낭을 등에 메고 여러 나라를 돌았어. 태국, 라오스, 베트남, 인도, 네팔. 유럽도 한 번 횡단했지."

외삼촌이 그렇게 활동적인 사람이었는지는 몰랐다.

"그랬어요? 다른 사람들처럼 취직해서 일해야겠다는 생각은 안 했어요?"

"글쎄……."

당시의 일을 떠올리는지 외삼촌은 팔짱을 끼고 느릿하게 말했다.

"한마디로 말해 다양한 세계를 내 눈으로 확인해 보고 싶었어. 그렇게 해서 나의 여러 가지 가능성을 알아보고 싶었고. 누군가 다른 사람의 것이 아닌 나만의 인생을 알고 싶었지."

자신의 가능성을 시험해 보고 싶어서 일본을 벗어났는데 결국은 서점의 주인이 되었다니, 조금 모순된 것 아닌

가. 나는 고개를 갸우뚱했다.

하지만 지금 한 얘기와 내가 어렸을 때부터 알았던 외삼촌의 이미지는 상당히 달랐다. 어른이 된 지금 외삼촌의 기분을 조금 알 것 같았다. 나도 아무것에도 얽매이지 않고 자신의 가치관과 기분에 솔직하게 살 수 있다면, 하고 대학생 시절 자주 몽상했었다. 물론 그걸 실제 행동으로 옮길 용기 같은 건 없었지만.

외삼촌이 이렇게나 자유분방하게 지낼 수 있는 비결은 젊은 시절을 그렇게 보냈기 때문일지도 몰라. 그렇게 생각하니 외삼촌이 조금 부러웠다.

"뭐, 그런 느낌으로 20대 땐 쭉 하는 일 없이 지냈지. 아버지는 늘 못마땅해했지만 말이야. 그러는 동안 아버지가 쓰러져서 돌아가셨고, 그래서 내가 이 서점을 잇게 된 거야."

"후회하세요?"

"설마!"

외삼촌은 웃으며 말했다.

"이것만큼 나랑 맞는 직업도 없어. 책을 좋아하는 사람에게 이 거리만큼 멋진 곳은 또 없으니까. 여기서 서점을 할 수 있는 걸 나는 자랑스럽게 생각하고 있어. 그렇기 때문에 아버지나 할아버지께는 아무리 감사드려도 부족할 정도야."

"흐응. 왠지 부럽네, 삼촌은."

"뭐가 말이니?"

외삼촌은 어리둥절한 얼굴을 했다.

"으음, 자기가 좋아하는 일을 하고 그것으로 살아가잖아요."

"그렇지도 않아. 나 나름대로 처음에는 꽤 고민을 많이 했어. 글쎄, 내가 아버지의 뒤를 잇다니, 꿈도 꾸지 않았으니까. 지금도 헤매기만 하는걸. 하지만 누구든 자신이 정말로 무엇을 추구하고 있는지를 금방 알 수는 없을 거야. 평생에 걸쳐서 조금씩 알아가는 걸지도 모르지."

"저는…… 아무것도 하지 않고 이런 식으로 그저 시간만 허비하고 있는데……."

외삼촌은 나를 바라보며 부드럽게 웃었다.

"그렇지 않아. 인생은 가끔 멈춰서 보는 것도 중요해. 지금 네가 이러는 건 인생이라는 긴 여행 중에 갖는 짧은 휴식 같은 거지. 여기는 항구고 너라는 배는 잠시 여기 닻을 내리고 있는 것일 뿐이야. 그러니 잘 쉬고 나서 또 출항하면 돼."

"말은 그렇게 하시면서 제가 자고 있으면 잔소리하시잖아요."

내가 얄밉다는 듯 말했다.

외삼촌은 아하하 소리 내어 웃었다.

"사람은 본래 모순투성이인걸."

나도 모르게 풋, 하고 웃음이 새어 나왔다. 정말 이렇다니까, 외삼촌은.

"그래서 삼촌은 여행하거나 책을 읽거나 하면서 많이 배우셨나요?"

"글쎄다. 어디를 돌아다녀도, 아무리 책을 읽어도, 나는 아직 아무것도 모르겠구나. 하지만 그게 인생이라는 거겠지. 늘 방황하면서 살아가는 거야. 다네다 산토카의 하이쿠*에도 있잖니? '헤치고 들어가도 들어가도 푸르른 산'이라는 구절 말이야."

"있잖아요, 삼촌."

* 일본 전통 시가문학의 하나.

나는 그동안 물어보고 싶었지만 쭉 참고 있었던 것을 이 기회에 물어보기로 했다.

"응?"

"모모코 외숙모는 왜 집을 나가신 거예요?"

"으음, 나랑 모모코는 원래 서로 생각이 비슷했어. 그것이 우리를 결합시켰고, 그것이 우리를 갈라놓았지. 우리는 말 그대로 여행 중에 우연히 만나서 사랑에 빠졌단다. 하지만 영원히 같은 여행을 계속할 수 있는 건 아니야. 언젠가는 어딘가의 항구에 닿아야 하지. 우린 종착점이 같을 거라고 생각했는데 안타깝게도 그렇지 않았어."

"그랬구나⋯⋯. 그때는 마음이 어떠셨어요? 슬펐어요?"

"글쎄다⋯⋯."

외삼촌은 두터운 구름으로 뒤덮인 하늘을 올려다보았다.

"슬픈 마음도 물론 있었지. 하지만⋯⋯."

"하지만?"

"하지만 지금은 그녀가 지금 어디서 무엇을 하고 있든 행복했으면, 하고 바라고 있어."

"그치만요."

나는 외삼촌의 마음을 더 확실하게 알고 싶었다.

"외숙모는 외삼촌을 버리고 나간 거잖아요?"

"그럼에도 모모코는 내가 진심으로 사랑한 단 한 사람
이야. 그 사실은 평생 바뀌지 않아. 둘이서 지낸 추억은
지금도 내 가슴에 생생히 남아 있어. 그런 의미에서 나는
아직 모모코를 사랑하고 있어."

어떻게 그렇게 생각하실 수 있어요?

나는 그렇게 물어보고 싶었지만, 왠지 가로등에 비친
외삼촌의 작은 등이 무척 쓸쓸해 보여서 더 이상 아무 말
도 할 수 없었다.

그날 밤은 어쩐지 잠이 잘 오지 않았다. 묘하게 격해진
감정은 밤중이 되어도 가라앉질 않았다.

그렇게 오랫동안 이불 속에서 뒤척이고 있자니 여러
가지 생각이 머릿속에 교차하면서 팽팽하게 부풀어 올랐
다. 앞으로 어떻게 살아갈지, 지나간 아픈 기억은 어쩌면
좋은지, 그런 것들이 서로 얽혀 빙글빙글 머릿속을 헤집
고 다녔다.

이러면 안 돼. 나는 자리에서 벌떡 일어났다. 뭐라도 하지 않으면 질식할 것 같았다. 텔레비전이라도 볼까 싶었지만 그러려면 앞에 쌓인 책들을 또 치워야 했다. 어차피 새벽 3시에는 아무것도 방영되고 있지 않을 것이다.

책이라도 있다면, 하고 나는 멍하니 어둠 속을 바라보며 생각했다. 그렇다면 시간을 보낼 수 있을 텐데.

그때 입에서 "아" 하는 소리가 절로 나왔다. 생각해 보니 여기는 서점이 아닌가. 책은 썩을 만큼 많이 있다. 지금까지는 적대심만 품고 있었기에 책이 지닌 본래의 역할을 완전히 잊고 있었다.

불을 켠 나는 뭔가 재미있는 책이 없을까 찾아보기 시작했다. 하지만 어느 것이 재미있을지 전혀 짐작이 가지 않았다. 전부 똑같은, 곰팡내 나는 책일 뿐. 외삼촌이라면 분명 이 중에서 자신이 좋아하는 책을 얼마든지 쉽게 찾아낼 수 있겠지만.

어쩔 수 없이 산더미 같은 문고본 앞에서 눈을 감고 손을 뻗었다. 그러고는 맨 먼저 손에 닿는 것을 힘껏 잡아 뽑았다. 뽑혀 나온 책은 『어느 소녀의 죽음까지』라는 문고본이었다. 작가는 무로 사이세이. 고등학교 때 현대국어 시간에 들어본 적 있는 이름이었다.

머리맡에 스탠드 조명만 켜놓은 어두컴컴한 방에서 나는 이불 속에 누운 채 특별히 이거다 싶은 감흥도 없이 책을 읽기 시작했다. 분명 지루해서 바로 잠들어 버릴 거라고 생각했다.

그런데 어떻게 된 걸까. 한 시간 후에 나는 그 책에 완전히 빠져들고 있었다. 어려운 말로 쓰인 문장도 있었지만, 보편적인 인간 심리를 주제로 삼고 있어 내 마음 속으로도 수월하게 스며들어 왔다.

어린 시절부터 시인이 되려는 꿈을 안고 살던 주인공이 태어나고 자란 가나자와를 떠나 도쿄로 올라와 생활하기 시작했을 무렵을 중심으로 이야기가 전개되었다. 그 사이에 이복 누나나 친구의 연인 등, 여성을 향한 동경이 곁들여졌다. 제목에 있는 '어느 소녀'도, 도쿄에 올라온 주인공이 직업도 없이 빈곤 속에서 허우적대다가 어떤 계기로 알게 된 소녀를 뜻하고 있었다. 그 소녀와 교류하면서 상처투성이였던 그의 마음이 한때나마 치유되어 갔다.

버둥거리며 우물 안 개구리 같은 청춘을 보내는 주인공의 삶을, 뭔가 차분하고 부드러운 톤으로 전해주는 작가의 문장이 나의 마음을 움직였다. 말로는 표현할 수 없는 평온한 감정이 가슴을 지긋이 눌러왔다. 그래, 굳이 말하자면 그건 인생에 대한 작가의 확고한 애정에서 오는 마력임이 분명했다.

정신을 차리고 보니 밤을 하얗게 지새우고 있었다.

그래도 나는 계속 페이지를 넘겼다.

다음 날 나는 흥분이 채 가시지 않은 상태에서 사토루 외삼촌을 맞이했다. 평상시에 인사도 제대로 하지 않던 내가 뛰어나오자 외삼촌은 눈을 동그랗게 떴다.

"이 책 재밌어요."

나는 『어느 소녀의 죽음까지』를 들어 보이며 말했다.

그 순간 외삼촌의 얼굴이 확 밝아졌다. 마치 멋진 생일 선물을 받은 아이같이.

"그렇지, 그렇지?"

외삼촌은 자기 일처럼 흥분해서 말했다.

"네, 굉장히 좋았어요. 뭐랄까, 뭉클하게 와닿았어요."

말로 잘 설명하지 못하는 나 자신이 답답했다. '뭉클'이라니. 이 말로는 내 마음의 복잡한 흔들림을 도저히 설명할 수 없다.

"와, 네가 그렇게 말해줘서 기쁘구나. 더구나 갑자기 무로 사이세이라니. 이야, 이거 깊은 데를 찌르네."

외삼촌이 정말로 기뻐하는 것처럼 보이자 왠지 나까지 덩달아 기분이 좋아졌다.

우리는 그렇게 그 책에 대해 한바탕 얘기를 나눴다. 지금까지 전혀 접점이 없는 줄 알았던 사람과 불현듯 한 가지 일로 이어지는 기쁨. 그건 설령 상대가 외삼촌 같은 사람이어도, 아니, 외삼촌 같은 사람이니까 더욱 가슴 뛰는 일이었다.

생각지도 않은 일이 내 속에 숨어 있었던 문을 여는 경우도 있다. 그때의 내 기분이 정말로 그랬다.

그렇게 그 일을 계기로 나는 지치지 않고 책을 읽어 치우게 됐다. 지금까지 계속 마음속에서 잠들어 있던 독서 욕구가 팡! 하고 터져서 튀어나온 것 같았다.

나는 맛난 음식을 맛보듯이 천천히 한 권 한 권 읽어나갔다. 시간은 얼마든지 있었다.

나가이 가후, 다니자키 준이치로, 다자이 오사무, 사토 하루오, 아쿠타가와 류노스케, 우노 고지…… . 이름은 알

고 있었지만 제대로 읽은 적이 없는 작가든 이름조차 몰
랐던 작가든 어쨌거나 재미있어 보이면 전부 손에 들고
탐욕스럽게 읽어나갔다. 아무리 읽고 또 읽어도 읽고 싶
은 책이 떨어질 걱정은 없었다.

책을 통해 이런 멋진 체험을 할 수 있다는 사실을 그때
까지는 전혀 몰랐다. 왠지 지금까지 인생을 손해 보며 산
것 같은 기분조차 들었다. 더 이상 게으르게 자고 또 자
는 짓은 하지 않았다. 더 이상 그러고 싶지 않았다. 잠 속
으로 도망쳐 들어가는 대신 외삼촌과 번갈아 가며 가게를
보면서 내 방에서든 카페에서든 책을 읽었다.

헌책 속에는 내가 생각지도 못한 많은 역사가 쌓여 있
었다. 이건 결코 책의 내용에 관해서만 하는 얘기가 아니
다. 한 권 한 권마다 오랜 세월을 거쳐온 그 흔적들을 나
는 여럿 발견했다.

예를 들어 가지이 모토지로가 지은 「어떤 마음의 풍
경」의 한 페이지에서는 이런 부분과 마주쳤다.

본다는 것은 이미 그 자체다. 자신의 영혼의 일부분 혹은
전부가 그것으로 옮겨 가는 것이다.

예전에 그 작품을 읽고 감명받은 사람이 펜으로 밑줄을 그어놓았다. 나 역시 그 부분에 감동을 받았기 때문에 모르는 누군가와 마음이 통한 것 같아 기뻤다.

어떤 때는 눌러서 말린 꽃으로 만든 책갈피가 끼워진 책을 발견하기도 했다. 나는 오래전에 이미 희미해진 꽃향기를 맡으며 도대체 어떤 사람이 언제 무슨 생각으로 여기에 끼워놓았을까, 상념에 빠졌다.

세월을 뛰어넘는 만남은 헌책에서만 맛볼 수 있는 기쁨이다. 그런 식으로 헌책이 주는 소소한 기쁨을 느끼다 보니 그 책들을 모아놓은 모리사키 서점이라는 헌책방에도 차차 애정이 생겼다. 시간이 조용하게 흐르는 작은 공간에 거처할 수 있다는 것이 이제는 내 인생에 주어진 무척 귀중한 기회라는 생각이 들었다. 덕분에 작가들에 대해서도 꽤 많이 알게 되었고, 어느샌가 단골손님들하고도 친해졌다.

내가 어딘가 달라졌다는 것을 알아차린 사부 씨는 "오, 다카코, 대단한걸" 하고 말했다.

그리고 한 가지 더, 거리 산책도 나의 새로운 일상이 되었다.

마침 그 무렵은 공기가 서늘해져서 돌아다니기에 딱 좋은 계절이었다. 가로수 잎이 나날이 노랗게 물들어가는 모습이 마치 내 마음의 느릿느릿한 변화를 보여주는 것 같아 왠지 쑥스러웠다.

나는 걸으면서 처음 왔을 때하고는 완전히 다른 기분으로 진보초의 거리를 바라봤다. 그러자 이 동네 전체가 모험의 무대처럼 느껴져 가슴이 두근거렸다. 서민 동네의 정서가 넘쳐흐르는 이 근처 큰 길가나 뒷골목에는 헌책방, 카페, 이국적인 분위기의 바 등 훌쩍 들러보고 싶은 다양한 가게가 많이 있었지만 동네 전체가 온화한 기운에 싸여 있었다. 나는 번잡한 건 질색이었는데 번잡스러움도 전혀 없었다.

서점이라고 뭉뚱그려 말하지만 한 집 한 집이 다 다른 색깔을 갖고 있다는 것도 그때 비로소 알아차렸다.

소설 분야의 서점만 봐도 외국 문학과 시대소설 등 수많은 전문점으로 나뉘어 있고, 영화잡지나 아동문학, 에도시대1603~1867의 책을 다루는 가게까지 있었다. 우리 할아버지처럼 완고한 영감 느낌의 점장이 있는 서점이 있다면 젊고 유연한 점장이 있는 서점도 있었다. 어쩌다 들른

거리 안내소에서 가르쳐준 바에 따르면, 이곳의 점포 중 서점만 따져도 170곳 이상은 된다고 했다. 과연 여기는 외삼촌이 말했듯 세계 최고의 책방 거리였다.

걷다가 지치면 카페에서 잠시 쉬었다.

추워진 계절에 산책을 끝내고 마시는 한 잔의 커피는 마음속까지 따뜻하게 데워주었다.

가을이 깊어가는 나날을 나는 그렇게 보냈다.

새로운 일과가 내 마음을 북돋워 주니 마음속에서 엉켜 있던 매듭이 술술 풀려나가는 기분이었다.

내 마음의 변화에 발맞추듯 거리에 아는 사람도 늘어났다. 단골 카페인 스보루의 사장님이나 직원들과도 친해졌는데, 그중에서도 종업원으로 일하는 도모 짱과는 아주 사이좋은 친구가 되었다.

도모 짱은 국문과 대학원 1학년생으로 빈 시간에 스보루에서 아르바이트를 한다고 했다. 때때로 모리사키 서점에 손님으로도 찾아왔다. 나이는 나보다 두 살 아래. 얌전해 보이는 인상과는 달리 열정을 가슴속에 담고 있었다. 국문과 학생이어서인지 작가들에 대한 애정도 남다른 편이었다. 나는 그녀의 그러한 모습이 무척 마음에 들었다.

도모 짱은 나중에는 아르바이트를 끝내고 집에 가는 길에 나를 보러 모리사키 서점에 들르곤 했다. 그러면 우리 둘이서 책으로 둘러싸인 2층에 나란히 앉아 차를 마셨다.

"어쩜, 여기는 정말 꿈같은 환경이네요."

도모 짱은 처음 내 방에 왔을 때 얼굴을 빛내며 말했다.

"어, 그런가? 방도 좁고 가스레인지도 1구짜리밖에 없는걸."

편리성 면에서는 도저히 칭찬하기 어려운 방이라, 나는 생활하는 사람으로서 솔직하게 의견을 말했다.

"그게 또 나름대로 좋잖아요?"

도모 짱은 대뜸 뭘 모르시네, 하는 표정을 짓고는 계속 말했다.

"쓸데없는 것은 하나도 없고 손만 뻗으면 책이 바로 잡힌다. 최고 아니에요?"

"그, 그런가?"

"그럼요."

내 앞에 쑥 얼굴을 들이민 도모 짱이 눈동자를 빛내며 말했다.

나는 방을 빙 둘러봤다. 남이 흥분해서 그렇게 말해주니 지금까지 비좁다고만 생각했던 방이 멋져 보였다.

도모 짱이 방을 좀더 근사하게 꾸며보자고 제안을 해오길래, 우리는 사거리에 있는 꽃집에서 코스모스를 사다가 꽃병에 꽂아 밥상 위에 올려놓았다. 그러자 방이 전보다 훨씬 밝아졌다. 그 이후로 나는 늘 그 계절의 꽃을 사다가 밥상 위에 올려두기로 했다.

그렇게 우리 둘 사이가 아주 가까워졌을 무렵, 나는 차를 마시다가 문득 물었다.

"도모 짱은 어쩌다가 그렇게 책을 좋아하게 된 거야?"

그러자 그녀는 평소처럼 부드러운 목소리로 말했다.

"으음, 글쎄요. 저는 중학교 때 다른 사람에게 자기 의견을 말하는 걸 두려워하는, 정말 말이 없는 아이였어요. 마음속은 온통 부정적인 감정으로 소용돌이치고 있었고요. 그런 제 자신이 몹시 미웠는데……. 그때 우연히 언니가 갖고 있던 다자이 오사무의 『여학생』을 읽게 되었죠. 그것이 제 독서 인생의 시작이 되었어요."

"그래? 인생의 어느 순간에 우연히 책을 만나 잊을 수 없는 경험을 한 사람이 독서가가 되는 거구나."

나는 감탄했다.

"우리 둘 다 앞으로도 멋진 책을 많이 만나게 되면 좋겠어요."

생긋 웃는 도모 짱을 향해 나도 "응, 그러자" 하고 힘주어 말했다.

그 무렵 도모 짱과는 이런 일화도 있었다.

어느 날 오후 내가 혼자서 서점을 지키고 있는데 스보루에서 일하는 다카노 군이 불쑥 찾아왔다. 주방에서 일하는 다카노 군과는 대화를 나눌 기회가 별로 없었는데, 그의 호리호리한 모습은 서점 안에서도 엄청 눈에 띄었다.

나는 바로 그를 알아보고 "안녕하세요" 하며 인사를 건넸다.

다카노 군은 "네, 안녕하세요" 하며 고개를 숙여 인사하고는 뭔가 어색한 표정으로 서점 안을 기웃기웃거렸다.

이상한 친구라고 생각하면서 "뭐 찾는 거 있나요?" 하고 물었더니 그는 "아니, 저, 그게……" 하며 머뭇거렸다.

무슨 일일까. 얼굴이 살짝 붉어진 게 마치 좋아하는 여자아이 앞에 서 있는 남자아이의 모습이 아닌가. 어쩌면 나한테 마음이 있는 게 아닐까, 하는 생각이 퍼뜩 들었다.

그러고 보니 외삼촌이 "데이트 좀 해줘" 하고 말했을 때도 이상할 정도로 멋쩍어했었다. 그렇다면……. 그렇게 생각한 순간 갑자기 나까지 긴장하고 말았다.

한동안 서점 안에 어색한 침묵이 흘렀다. 시간이 흐를수록 공기의 밀도가 짙어지는 것 같아서 숨쉬기가 괴로웠다.

더 이상 견딜 수 없어진 내가 입을 열려는 순간, 그가 큰 소리로 말했다.

"저기요!"

나도 모르게 자세를 고쳐 앉았다. 이제 그가 사랑 고백을 할 텐데 어떻게 하면 기분이 상하지 않게 완곡하게 거절할 수 있을까, 하는 생각으로 머릿속이 분주했다.

하지만 얼굴이 새빨개진 다카노 군은 이렇게 말했다.

"아이하라 씨 여기 자주 오지요?"

"아이하라 씨라니……. 도모 짱 말이에요?"

"네."

"맞아요. 점심시간 같은 때에도 자주 얼굴을 보이긴 하는데요?"

"그분이랑 어떤 얘기를 하시나요?"

내 안의 열이 급속하게 식어갔다. 조금 전의 긴장, 보상해 줘! 나도 모르게 마음속으로 소리를 질렀다.

"흐응, 도모 짱을 좋아하는구나."

나는 분풀이로 심술궂게 말했다.

"아니, 그런 건 아니고……."

"괜찮아요, 괜찮아. 도모 짱은 엄청 귀엽잖아요. 하지만 그녀에 대해서는 함께 일하는 다카노 군이 더 잘 알고 있을 텐데요?"

"아뇨, 전 부엌이고 그녀는 홀 담당이라. 게다가 전 말을 잘 못하니까……."

"흐음, 다카노 군은 생긴 것도 그렇고 정말로 부끄러움을 많이 타네요."

"애인이 있대요?"

다카노 군은 이 세상에서 가장 중요한 문제를 물어보는 것처럼 심각한 어투로 말했다.

"글쎄? 그러고 보니 물어본 적이 없었네. 하지만 도모 짱은 예쁘고 분위기 있는 사람이니까 애인이 있다고 해도 전혀 이상하지 않을 것 같은데요."

"그럼, 다음에 한번 티 나지 않게 물어봐 주지 않을래요?"

"제가 왜요? 그런 건 직접 물어봐야지요."

"다카코 씨는 도모 짱과 친한 사이니까 자연스럽게 물어볼 수 있잖아요? 게다가 전 지금까지 여자한테 먼저 말을 걸어본 적이 없어서……."

'지금은 여자한테 말을 걸고 있는 게 아닌가?'

어이가 없었다. 내가 여자가 아니라는 말인가? 하지만 그는 자신의 말이 실례라고는 전혀 생각지 못한 얼굴이었다.

"그냥 해달라는 게 아니에요. 도와주시면 가게에 오실 때마다 찻값은 제가 다 낼게요."

그의 그 한마디에 모든 유감스러운 감정이 싹 날아가버렸다.

"정말? 그렇다면 매일 갈 텐데."

"매일은 좀……."

"무슨 구두쇠 같은 소리예요? 하루에 커피 한 잔이면 그녀와 가까워질 수 있는 건데?"

"네에……."

다카노 군은 떨떠름한 표정으로 알아들었다는 듯 고개

를 끄덕였다.

"도모 짱한테는 이 일은 절대로 말하지 않겠다고 약속
해 주세요."

"알았어요"

나는 가슴을 쾅 치면서 말했다.

이렇게 해서 나는 다카노 군과 비밀 계약을 맺었다. 다
카노 군은 벌써 반년 가까이 도모 짱을 남몰래 좋아하고
있었는데, 인사 외에는 대화를 한 번도 나눠보지 못해서
혼자서 속을 끓이고 있다고 했다. 답답하다고 하면 답답
한 얘기지만 뭐, 달리 보면 순정이라고도 할 수 있었다.

이왕 일을 맡은 이상 나도 두 사람을 잘 이어주고 싶었
다. 도모 짱이 알면 쓸데없는 오지랖이라고 생각할 테지
만, 다카노 군은 수줍음을 잘 타긴 해도 꽤 성실한 청년이
었다. 두 사람이 사귈 계기를 만들어주는 것 정도라면 벌
받을 일은 아닐 것 같았다.

그래서 나는 커피를 위해서가 아니라 두 사람을 위해
서 있는 힘을 다했다. 우선은 티 내지 않고 도모 짱에게
이것저것 정보를 알아냈다. 알아낸 바에 따르면 현재 그
녀에게 애인은 없고 특별히 마음에 둔 사람도 없는 모양

이다. 좋아하는 색깔은 감청색. 좋아하는 동물은 길들여지지 않은 고양이. 좋아하는 곳은 물론 진보초. 그러는 사이 나는 완전히 도모 짱에 대해서 통달하게 되었고 사정을 모르는 그녀는 내가 꼬치꼬치 묻는 일을 조금 불편해했다.

새로운 정보를 얻으면 나는 스보루로 가서 공짜로 커피를 얻어 마시며 다카노 군에게 내용을 전했다. "도모 짱이 좋아하는 동물은 글쎄 길고양이래요" 하고 카운터 너머로 작은 소리로 말하면 다카노 군은 "그, 그래요? 와, 굉장하네요" 하고 작은 소리로 대답했다. 그러다 보니 염탐하길 좋아하는 사장님이 "저 두 사람, 사귀고 있어" 하며 사실과는 전혀 다른 헛소문을 손님들에게 흘리는 지경에 이르렀다.

하지만 나의 그런 노력은 두 사람에게 전혀 도움이 되지 못했다. 정작 당사자인 다카노 군이 도모 짱과 얘기할 기회를 만들려고 하질 않아서 조금도 진전이 없었다. 그는 도모 짱에게 애인이 없다는 걸 알고 승리의 괴성을 지르긴 했으나, 이런 식이라면 잡담이나마 하는 사이가 되기까지 앞으로 10년은 걸릴 것이다. 그래서는 의미가 없다.

오히려 내가 안달복달해 어떻게든 두 사람이 서로 얘기할 기회를 만들어주기 위해 이것저것 궁리를 했다.

그러다가 생각지도 않았던 데에서 희소식이 날아 들어왔다.

도모 짱과 함께 방에서 평화로운 기분으로 차를 마시고 있던 어느 날 오후, 그녀가 헌책 축제 얘기를 꺼냈다.

"헌책 축제? 뭐야, 그게?"

나는 멍하니 물었다.

"다카코 씨, 그거 몰랐어요? 매년 가을 이 주변의 헌책방들이 일제히 거리에서 벼룩시장을 열어요. 진보초 일대가 수많은 사람으로 복작복작해지는 모습이 굉장해요."

"그래? 그거 재밌겠네."

"모리사키 서점도 물론 참가해요."

"어? 그래?"

"모든 서점이 참가하는 행사거든요."

외삼촌은 이렇게 중요한 얘기를 왜 진작 말해주지 않았지? 나중에 한바탕 뭐라고 해줘야겠어. 나는 마음속으로 굳게 맹세했다.

"헌책 축제에 놀러 갈 생각인데, 괜찮으면 같이 돌아보지 않을래요?"

그때 번쩍하고 아이디어가 떠올랐다. 그래, 이 기회를
어찌 이용하지 않을 수 있겠는가. 다카노 군에게도 알려
주자.

"응, 당연히 가야지. 갈 거야."

나는 두 번이나 반복하며 승낙했다.

진보초 헌책 축제는 10월 말에 시작해 일주일 동안 열
렸다. 그 기간에는 헌책이 가득 담긴 수레와 책꽂이가 거
리를 가득 메웠다.

축제는 놀랄 만큼 성황이었다. 1년에 한 번 열리는 행
사를 기다리기라도 했다는 듯 남녀노소 불문하고 책을 사
랑하는 수많은 사람이 축제의 거리를 찾아왔다. 야스쿠니
도리와 사쿠라도리는 사람들의 열기로 뜨거워졌고 평소
에는 적갈색으로 가라앉아 있던 헌책방 골목은 오전부터
활기를 띠기 시작했다. 제법 장관이었다.

내가 있는 모리사키 서점도 물론 축제에 참가했다. 사

토루 외삼촌과 함께 며칠에 걸쳐서 분류한 헌책을 수레에 실어 가게 앞에 내놓았다. 평소보다 두 배가 넘는 손님이 가게를 찾았다. 개중에는 이 기회를 놓치지 않겠다며 초특가 상품을 박스째로 사가는 배포 큰 사람도 있었다.

예상은 했었지만 축제 자체를 좋아하는 외삼촌은 정말이지 물 만난 물고기처럼 기뻐 날뛰었다. 외삼촌은 어렸을 때부터 매년 헌책 축제에 왔던 터라 지금도 축제 시기가 되면 몸이 반사적으로 근질거린다고 했다.

"이제 날씨가 추워지면 서점에 오는 사람들이 확 줄어. 그러니 축제 기간에 충분히 돈을 벌어둬야 해."

보기 드물게 장사치다운 말까지 하는 외삼촌이었지만 웬걸, 조금이라도 눈을 떼면 근처 서점으로 마실을 가버렸다. 물론 그럴 때마다 외삼촌을 끌고 돌아오는 것은 내 역할이었다.

3일째 저녁에는 외삼촌의 허락을 얻어 일을 일찍 끝내고 도모 짱과 축제 거리를 탐색하러 나섰다. 그리고 우리 앞에 계획대로, 정말 우연인 것처럼 다카노 군이 나타났다.

나와 다카노 군은 "어라, 여기서 보네", "어머나, 그러게" 등등 서툰 연기력을 그대로 드러냈지만 워낙 순진한 도모 짱은 조금도 알아차리지 못한 것 같았다. 그래서 "그럼 셋이서 같이 다니자" 하고 동행하게 됐다.

처음에 다카노 군은 도모 짱 앞에서 딱딱하게 굳어 있었다. 걱정돼서 내가 "로봇 같아" 하고 살그머니 속삭이자 다카노 군은 "걷는 법을 잊어버렸어요" 하며 목소리까지 로봇을 흉내 냈다. 도모 짱은 그 말을 듣고 크게 웃었다.

열기가 넘치는 거리를 걷고 있자니 그것만으로도 마음이 부풀어 올라 신기했다. 두 사람의 얼굴에도 생기가 가득했다. 물론 다카노 군에게 생기가 도는 건 다른 이유가 있어서겠지만. 그는 도모 짱이 말을 건네올 때마다 꽃밭에 있는 나비처럼 황홀해했다. 그 모습이 너무 재밌어서 나는 터져 나오려는 웃음을 참기 위해 필사적으로 노력해야 했다.

진보초 교차로에 설치된 특설 부스에서 헌책을 찾다가 사부 씨와 딱 마주쳤다. 사부 씨는 부인과 함께 있었는데, 양손으로도 미처 다 끌어안지 못할 정도로 불룩한 책 봉투를 안고 있었다. 부인은 기모노 차림이 잘 어울리는 기품 넘치는 여성이었다. 사부 씨한테는 좀 아까운 느낌이 들 정도였다. 하지만 그렇게 둘이 나란히 있는 모습에서는 수십 년 고락을 함께해 오지 않은 사람에게서는 결코 느낄 수 없는, 그들 부부만의 압도적인 분위기가 풍겨 나왔다.

"또 많이 사셨네요."

내가 사부 씨가 들고 있는 봉투를 보고 말하자 옆에 있던 부인이 사부 씨를 제치고 침울하게 말했다.

"그래요. 이 사람이 항상 이렇게 책을 사들여서 지금 우리 집은 온통 책으로 뒤덮여 있어요. 괜찮다면 우리 집 책을 다 사 가주지 않을래요?"

그러자 사부 씨는 펄쩍 뛰며 부인한테 두 손을 모아 애원했다.

"아니, 그것만은 참아줘. 요전번에도 조금 줄였잖아."

사부 씨 부부와 헤어진 뒤에도 우리는 한동안 웃음을 멈출 수 없었다.

우리 세 사람은 어두컴컴해진 뒤에도 인파가 줄지 않는 야스쿠니도리를 신이 나서 돌아다니며 마음에 드는 책을 사들였다.

도모 짱이 "재미있는 가게가 있어요" 하며 우리를 데리고 간 킨토토 문고라는 서점에서는 다이쇼시대의 소학교 교과서를 팔고 있었다. 옛말들의 오래된 느낌이 오히려 신선하게 느껴져서 2000엔이나 하는 국어 교과서를 얼떨결에 사버리고 말았다.

밤이 되어 서점들이 문을 닫기 시작했다. 우리는 산세이도 안에 있는 양식당에 들어가 저녁을 먹었다. 다카노 군도 그때쯤에는 꽤 긴장이 풀렸는지 도모 짱을 앞에 두고도 꽃밭에 가 있는 표정은 하지 않았다.

알고 보니 다카노 군은 외국 문학에 무척 조예가 깊은 사람이었다. 지금까지의 서툰 말솜씨가 거짓말처럼 느껴질 정도로, 식사하는 내내 윌리엄 포크너나 트루먼 카포티, 존 업다이크 같은 작가에 대한 이야기를 술술 늘어놓아서 나도 도모 짱도 모두 감탄했다.

그렇게 가슴 뛰던 충실한 하루가 갔다. 나중에 다카노 군은 나에게 무척 고맙다고 했는데, 사실 가장 많이 즐긴 사람은 나였으므로 감사 인사를 들을 이유는 조금도 없었다.

축제 마지막 날 밤. 가게를 닫은 뒤 방에 올라가 창밖을 보니, 거리는 요 일주일 동안의 흥겨움이 꿈이었던 것처럼 조용히 가라앉아 있었다. 이부자리에 누우니 자명종의 시곗바늘 소리가 괜스레 크게 느껴졌다. 가만히 천장을 바라보고 있는데 묘하게 불안해지면서 처음 이곳에 왔을 때처럼 외로운 마음이 밀려왔다.

그때 갑자기 미닫이문을 두드리는 소리가 났다. 깜짝 놀라 머뭇머뭇 그쪽을 바라보았다. 살짝 열린 미닫이문 틈새로 눈동자 하나가 두리번거리며 이쪽을 살피는 모습이 보였다.

"꺄악!"

나는 공포영화의 주인공조차 얼굴이 창백해져 도망칠 정도로 비명을 내질렀다.

"어라, 놀랐니?"

왠지 모르게 날카로운 목소리에 뒤이어 덥수룩한 머리가 나타났다. 나는 가슴을 쓸어내렸다.

"정말이지. 놀라게 좀 하지 마요, 삼촌."

"아, 이런. 미안 미안."

양손에 큰 비닐봉지를 늘어뜨린 외삼촌은 "잠깐 들어가도 되니?" 하더니 방 안으로 들어왔다. 그리고 봉지에서 술병과 주스, 감자칩, 오징어채 같은 것을 줄줄이 꺼내 밥상 위에 늘어놓았다.

"본부에서 하는 뒤풀이에 가셨던 거 아니에요?"

"그쪽은 인사만 하고 나왔어. 오늘은 단둘이서 파티를 하고 싶어서."

외삼촌은 장난꾸러기 같은 웃음을 지었다.

"생각해 보니까 우리 둘이서 술 마신 적은 없었잖아?"

"오, 그거 좋네요. 좋아요, 좋아요."

조금 전까지 침울하던 기분이 눈 녹듯 사라졌다.

외삼촌이 비닐봉지 속의 내용물을 다 펼쳐놓자 방은 자그마한 파티장이 되었다. 열어젖힌 창에서 희미하게 찌르르 찌르르 들려오는 벌레 울음소리에 귀를 기울이면서 우리는 홀짝홀짝 술을 마셨다. 조용한 밤기운에 싸인 시간이 걸음을 늦춘 것처럼 천천히 흘러갔다.

"다카코, 너도 이젠 이곳 생활에 완전히 익숙해진 것 같구나."

외삼촌은 책꽂이에 기대어 다리를 편하게 뻗은 채 말했다.

"네. 처음에는 어떻게 되려나 싶었는데 지금은 이래저

래 인생의 휴가를 제대로 만끽하고 있어요."

나는 그렇게 말하고 쿡쿡 웃었다.

"그거 잘됐구나."

"하지만 뭔가 억울해요."

"뭐가?"

"글쎄, 외삼촌은 처음부터 알고 계셨던 것 같거든요. 제가 이곳을 아주 마음에 들어 할 거란 걸."

"그럴 리가. 네 마음에 들어서 정말로 잘됐구나 싶어. 네가 원한다면 언제까지든 여기 있어도 돼."

외삼촌의 그 부드러운 말에 가슴이 조금 조여왔다.

"있잖아요, 왜 저한테 이렇게 친절하게 대해주시는 거예요? 조카라고 하지만 그렇게 자주 봐왔던 사이도 아닌데."

"다카코를 좋아해서 그러지."

외삼촌은 그런 말을 조금도 멋쩍어하는 기색 없이 천연덕스럽게 했다.

"넌 삼촌을 그냥 잘 모르는 친척 아저씨 정도로 생각하겠지만 난 달라. 넌 내게 천사거든."

"천사요?"

나는 마시던 맥주를 내뿜을 뻔했다. 그런 말은 이성에게서든 동성에게서든 처음 들었다.

"그래, 천사. 그리고 넌 내 은인이야."

"은인이라고요?"

점점 더 영문을 알 수 없게 된 내가 되물었다. 외삼촌에게 뭔가를 해준 일이 내 기억으로는 한 번도 없다.

"그래, 은인. 하지만 이건 내가 멋대로 생각한 것뿐이고 너한테는 별 흥미 없는 얘기일 테니까 더 이상 말 안 하련다."

"아니, 듣고 싶어요."

나는 진심으로 그렇게 말했다. 외삼촌은 나를 가만히 바라보더니 물었다.

"웃지 않을 거지?"

내가 고개를 끄덕이자 외삼촌은 옛날을 떠올리듯 천천히 얘기를 꺼냈다.

"나는 10대 후반에 접어들면서 내 존재 가치를 찾지 못해 우울하게 하루하루를 보냈었어. 학교에서나 집에서나 사람들과 잘 어울리지 못하고 그저 나 자신의 껍데기에 틀어박혀 있었지. 자의식 과잉에, 이상도 야심도 웬만큼 갖고 있지만 실상은 아무것도 없는 텅 빈 인간. 그게 나였단다. 이 세계 어디에도 내가 있을 장소가 없다는 느낌이 들었지."

외삼촌이 그런 마음을 품고 있었다니, 조금도 몰랐다. 그런데 그것과 내가 천사라는 것 사이에 도대체 어떤 관계가 있다는 걸까.

"누나가 널 낳은 건 내가 바로 그런 상태에 있을 때였어. 누나가 부모님께 손녀딸을 보이겠다고 친정에 돌아왔을 때 나도 너와 처음으로 얼굴을 마주했지. 담요에 싸여 쌕쌕 잠들어 있는 너를 본 순간 나는 정말 영문 모르게 눈물이 나려고 했어.

뭐랄까, 생명의 신비에 가슴속이 꽉 차올랐다고나 할까. 이 아이에게 세상은 온통 새로운 것뿐이겠구나. 그 속을 헤엄쳐 다니면서 그 모든 것들을 경험하고 배우며 커가겠구나. 그렇게 생각하니 그게 마치 내 일인 것처럼 마음이 들떴어.

그랬더니 갑자기 나의 비뚤어진 마음속에 따뜻한 햇살이 하나 가득 비쳐 들어오는 거야. 희미하긴 했지만 내 안에서 무엇이든 해보자는 의지가 힘차게 싹트는 걸 느낄 수 있었어.

나는 그때 결심했단다. 이제 나 혼자만의 좁은 틀 안에 박혀 사는 생활은 그만두자. 여러 가지 것을 보러 다니면서 많은 것을 배우자. 그래서 내가 있을 장소를, 내가 그곳에 있어도 된다고 자신 있게 말할 수 있는 그런 장소를 찾자. 여행을 떠난 것도 책을 마구 읽어댄 것도 그때부터였어. 그러니까 요컨대, 다카코와의 만남은 나에게 어떤 계시와도 같았다는 얘기야."

"계시라……. 뭔가 굉장하네요."

"너는 어떤 의미에서 내 은인이야. 그래서 널 위해서라면 뭐든 해주고 싶은 마음이란다."

외삼촌의 진심 어린 말을 듣고 나니 그동안 외삼촌에 대해 일방적으로 기분 나빠하거나 화를 내곤 했던 스스로가 어린아이 같았다. 창피했다. 그런 식으로 나를 생각해 줬다니……. 어렸을 때 외삼촌이 왜 그리 나를 따뜻하게 대해줬는지 이제야 알게 되었다. 나는 바보였다. 그때는 외삼촌의 그러한 태도가 내게 주어진 당연한 권리라고 생각했으니까.

누군가에게 이렇게 큰 사랑을 받았다는 사실을 깨닫자

가슴이 뜨거워졌다. 나는 북받쳐 오르는 눈물을 꾹꾹 누르며 장난스럽게 말했다.

"삼촌, 그거 오징어 먹으면서 할 말은 아닌데요."

외삼촌은 아하하, 웃었다.

"그래서 결국 삼촌이 있을 장소는 찾았어요?"

"글쎄, 그런 셈인가. 하지만 그렇게 되기까지는 오랜 세월이 필요했어."

"혹시…… 그게 여기?"

외삼촌은 조용히 고개를 끄덕였다.

"그래, 여기야. 우리의 작고 허름한 모리사키 서점. 큰 뜻을 품고 세계로 뛰쳐나갔는데 결국 도달한 곳이 내가 어린 시절부터 익히 알았던 장소라니. 웃기지? 하지만 오랜 시간이 걸려서 이곳으로 돌아온 거야. 장소의 문제만이 아니라는 걸 나도 잘 알고 있었어.

그래, 그건 마음의 문제야. 어디에 있든 누구와 있든, 자신의 마음에 진솔할 수 있다면 그곳이 바로 내가 있을 장소야. 그걸 깨닫는 동안 내 인생의 전반부가 지나갔다고 해야겠지. 그리고 나는 이제 가장 마음에 드는 항구로 돌아와 여기에 닻을 내리기로 결정한 거야. 나에게 이곳은 신성한 곳이고 가장 마음 편히 쉴 수 있는 장소야."

"그러고 보니 언젠가 사부 씨가 삼촌더러 이 서점의 구세주라고 했는데……."

"아하하, 구세주라고? 그건 너무 과장된 말이구나. 뭐, 간단히 말하자면 아버지가 쓰러져서 이 가게의 경영이 위태로워졌을 때 내가 그냥 이 서점을 이어받은 것뿐이야. 처음에 아버지는 내가 서점을 잇는 걸 몹시 못 미더워했어. 아버지의 눈에 나는 제멋대로 구는 녀석이었고, 그 당시 헌책방 업계는 꽤 어려운 시절을 통과하고 있었으니까. 하지만 나는 그야말로 무릎이라도 꿇을 기세로 이 서점을 물려받게 해달라고 간청했어."

"그랬구나……."

"그야 그렇지, 어떻게 이 서점을 순순히 망하게 놔둘 수 있겠어? 이 서점은 내가 어렸을 때 가장 많은 시간을 보낸 곳이야. 계산대에서 아버지 옆에 앉아 혼자서 『안데르센 동화』 같은 걸 읽고 있으면 때때로 아버지가 그 커다란 손으로 내 머리를 쓱쓱 쓰다듬어주시곤 했지. 나는 그럴 때 정말로 행복했어. 이곳이 없어지면 그런 추억도 전부 사라져버릴 거다, 절대 그렇게 되어선 안 된다, 하고 생각했어."

외삼촌의 말에 나는 그저 압도당했다.

내가 알고 있던, 안다고 생각했던 외삼촌은 누구였을까. 이렇게 큰 고민과 아픔을 속에 품고 있었다니. 이렇게나 생각이 깊은 사람이었다니.

외삼촌이 다른 사람 앞에서 늘 그렇게 헬렐레하는 모습을 보였던 것도, 어쩌면 그런 자신의 감정을 남에게 보이지 않기 위해 눈물겹게 노력한 결과였을지도 모른다. 하지만 그 가슴속은······.

그렇게 생각하니 마음이 울컥했다.

"모모코에게도 여기가 그런 장소가 되었다면 좋았을 텐데······. 모모코가 집을 나가기로 마음먹었을 때 나는 이 서점을 다시 일으켜 세우는 데 온 마음을 다 바치고 있었던 터라 마지막까지 그 사람의 속마음을 알아채지 못했어."

"삼촌."

"응?"

"저, 이 서점 좋아해요. 무척."

좀더 멋진 말을 하고 싶었지만 내 입에서는 이런 문장

밖에 나오지 않았다. 하지만 그게 가장 솔직하고 순수한 내 마음이었다.

"고마워. 이 서점은 결코 많은 사람이 필요로 하는 장소는 아니지만, 그렇게 말해주는 사람이 단 한 사람이라도 있는 한 앞으로 몇십 년이든 해나갈 수 있어. '배는 물이 흐르는 대로 두둥실 나아갈 뿐이다.' 그 말처럼 나는 이 서점과 함께 살아가고 싶어."

외삼촌은 그렇게 말하며 조용히 미소 지었다.

그날 밤 이후로 나는 내 인생에 대해 좀더 진지하게 생각하기 시작했다.

여기는 따뜻하고 편안한 장소지만 언제까지나 이렇게 의지하고 있을 수만은 없다. 그래서는 영원히 성장하지 못한다. 나약해진 내 마음도 힘을 되찾지 못할 것이다. 여기서 나가 홀로 설 수 있어야 한다. 내 인생을 다시 시작해야 한다. 그렇게 마음을 다잡았다.

생각은 그렇게 달려나갔지만 막상 나갈 생각을 하니 두려워져서 조금만 더 이곳에 있자, 하는 약한 마음이 나를 붙잡았다.

결국 그 뒤로도 나는 좀처럼 발을 내딛지 못한 채 오랫동안 모리사키 서점 2층에 머물렀다.

아마도 나는 어떤 계기를 기다리고 있었던 건지도 모른다.

그리고 그 계기는 어느 날 갑자기 찾아왔다.

⎰⎰⎰

전화가 걸려 온 건 1월 2일이었다.

새해 연휴. 나는 본가에 갈 날도 어물쩍 넘기면서 모리사키 서점에 눌러앉아 있었다. 서점은 5일까지 휴일이었고, 외삼촌도 조합 동료들과 온천 여행을 가고 없었다.

연말연시에 진보초는 사람이 없는 거리로 변한다. 근처에 주택이 별로 없어서 대부분의 음식점이나 회사가 쉬는 이 시기에는 정말로 길에 아무도 없다. 야스쿠니도리를 달리는 자동차도 드물다.

12월 31일에는 도모 쨩과 함께 유시마텐진*에 다녀왔지만 그것 말고는 일정이 텅 비어 있었다. 그래서 새해 첫

* 문학과 학문의 신을 모셔 학생들이 많이 찾는 도쿄의 유명 신사.

날과 그다음 날, 그 이틀 동안 나는 이른 아침부터 거리를 혼자 활보하고 다녔다. 허물을 벗고 남은 껍데기 같은 거리를 걸어 돌아다니는 건 무척 기분 좋은 일이었다. 공기도 평소보다 훨씬 맑은 것 같았다. 나는 목도리를 바람에 날리며 발길 닿는 대로 걸어 다니다가 몇 번이나 멈춰 서서는 심호흡을 했다.

새해 두 번째 날에도 그렇게 저녁 길을 걷고 나서 기분 좋게 서점으로 돌아왔는데, 방에 내버려둔 휴대전화에서 불빛이 반짝이고 있었다.

이미 연락처 목록에서 지웠지만 통화 내역에 남은 번호만 보고도 누구에게서 온 전화인지 바로 알 수 있었다. 그렇게 좋았던 기분이 거짓말처럼 사그라지면서 순식간에 숨통이 조여왔다. 떨리는 손가락으로 버튼을 눌러 남겨진 음성메시지를 재생했다.

"야아, 다카코. 오래간만이야. 잘 지내? 나 지금 굉장히 한가한데 잠깐 나올 수 있어? 연락 주면 바로……"

나는 메시지가 끝나기도 전에 삭제 버튼을 눌렀다. 하지만 이미 늦었다. 가슴속에 불쾌한 기분이 빠른 속도로 퍼져나가더니 사라지지 않고 끝끝내 남았다.

새해 휴일이 끝나고 서점 문을 다시 연 뒤로도 계속 괴로웠다. 말로 표현할 수 없는 무겁고 차가운 무언가가 가슴속에서 조금씩 번져나갔다.

여전히 마음을 정리하지 못했다는 사실이 새삼 뼈저리게 느껴졌다. 결국 나는 그 일을 그냥 놔둔 채 오로지 시간이 기억을 풍화시켜 주기만을 기다렸던 것이다. 반년이나 지난 지금, 그의 목소리를 아주 잠깐 들은 것만으로 마음속이 이렇게 소란스러워지다니. 결국 응어리를 남겨놓고 있다면 아무것도 해결되지 않는다는 것을, 그제야 겨우 깨달았다.

"다카코, 너 속에 뭘 끌어안고 있는 거니? 무슨 일인지 얘기해 봐."

1월이 끝나갈 무렵 서점 문을 닫고 난 외삼촌이 갑자기 말했다.

나는 당황해서 되물었다.

"네? 어떻게 알았어요?"

"척 보면 알지. 삼촌 눈도 헛것은 아니거든."

외삼촌은 서운하다는 듯이 말했다.

너무 기대지 말자고 그동안 쭉 의연한 척을 해왔는데

외삼촌은 전부 들여다보고 있었나 보다.

"지난달까지는 활기차 보여서 안심했었는데 요즘은 계속 상태가 이상하잖니. 말을 걸어도 늘 딴전을 부리고."

"그, 그랬었나요……."

"그래. 뭐, 내가 힘이 될지 어떨지는 모르겠지만 그래도 털어놓으면 마음이 조금은 풀리지 않겠니?"

누구에게도 이야기할 생각이 없었는데, 외삼촌의 말을 들으니 더 이상 견딜 수 없었다. 나는 결국 누군가가 내 말을 들어주길 바라고 있었던 것이다. 누군가의 위로가 필요했다. 어리광 부리고 싶었다. 정말 한심하구나, 하고 스스로에게 실망했지만 외삼촌의 그 말 한마디에 내 고집은 깨끗이 무너져 내렸다.

방 안에서 함께 술을 마시면서 나는 지금까지 있었던 일을 전부 다 털어놓았다. 찬 겨울비가 내리기 시작했는지 바깥에서 빗방울이 툭툭 창을 두드렸다.

"뭐 대단한 얘기는 아니지만요."

그렇게 전제하고 꺼낸 이야기였고, 막상 꺼내놓고 봐도 실제로 대단한 내용은 아니었다. 그저 애인을 잃고 직장을 잃었다, 그것뿐이었다.

말하면서도 정말 별것 아닌 일이구나 싶어 나 자신도 실소하고 말았다. 마음을 열고 죄다 쏟아내자 어느 정도 편해졌다.

외삼촌은 평소보다 빠르게 위스키를 마시면서 말 한 마디 없이 나의 얘기에 가만히 귀를 기울였다. 말하다가 입이 막힌 내가 우물우물거리며 한 시간에 걸쳐서 겨우 얘기를 끝냈는데도 외삼촌은 한동안 말이 없었다.

무슨 생각을 하고 있는지 가만히 손에 든 위스키 잔을 내려다보던 외삼촌이 마침내 남은 술을 꿀꺽 들이켜고는 결연하게 말했다.

"좋아, 지금부터 그 녀석에게 사과받으러 가자! '너에게 상처를 입혀서 미안하다. 내가 나쁜 놈이었다'라고 본인 입으로 말하게 하자고."

예상치 못했던 전개에 나는 얼이 빠졌다.

"네? 지금? 이미 밤 11시예요."

"상관없어."

외삼촌은 그렇게 말하더니 기세 좋게 일어나 밖으로 나가려고 했다. 나는 당황해서 외삼촌의 팔을 잡았다.

"됐어요. 제가 바보였으니까. 그냥 누가 제 얘기를 들어줬으면 했던 것뿐이에요. 삼촌, 취하셨어요?"

"아니야, 취하지 않았어. 아니, 실은 좀 취했어. 하지만 그런 건 상관없어. 넌 분하지도 않니? 너는 그 자식한테 이용당한 거야."

"그야 분하죠. 분하고 또 분하고, 지금도 역시 분해요."

"그럼 가야지. 응어리를 지워야 해. 그러지 않으면 언제까지고 과거의 망령이 너를 따라다닐 거야."

"그렇다고 애들 싸움에 부모가 얼굴을 내미는 것 같은 짓을 해봤자 나만 창피할 뿐이에요."

울먹이는 목소리로 내가 말했다.

"부끄러울 것 없어!"

외삼촌은 그 작은 몸집에서 어떻게 그런 큰 소리가 나오는지 조그만 방 안을 쾅쾅 울리며 말했다.

"창피할 거 없어. 넌 내 소중한 조카야. 전에도 말했지? 넌 나에게 정말 소중한 존재라고. 그러니까 그 자식은 용서할 수 없어. 이게 내 이기심이야. 외삼촌은 그런 자식 절대로 용서 못 해."

"그건 모순 아니에요? 결국 삼촌의 이기심 때문이라는 말이잖아요."

"그래, 그러니까 난 내 마음을 깨끗이 하기 위해서라도 갈 거야. 설령 네가 안 가도 난 가. 그러니까 주소 가르쳐 줘. 내가 가서 그 녀석을 두들겨 패줄 거야."

두들겨 패다니? 갈수록 엉뚱한 방향으로 얘기가 전개되고 있었다.

"잠깐, 잠깐만요. 그러다가 큰일 나요. 경찰서에 끌려갈지도 몰라요. 게다가 그 사람은 고등학교 시절부터 대학교를 졸업할 때까지 내내 럭비를 했다고요. 외삼촌처럼 비리비리한 사람은 때려주기는커녕 흠씬 얻어맞기만 할 거예요."

"그, 그런 말로는 날 겁줄 수 없어."

말은 그렇게 했지만 외삼촌은 조금 주춤거렸다.

"봐요, 무리하지 말고 술이나 마셔요."

나는 그 자리를 어떻게든 무마하려고 했다.

"도망치지 마."

외삼촌은 나를 바라보며 새삼스레 무척 진지한 말투로 말했다.

"내가 옆에 있어. 그러니까 도망치지 마."

외삼촌은 굳건한 눈빛으로 나를 또렷이 주시했다. 우

리는 그대로 몇 초 동안 서로를 바라봤다.

그래, 여기서 도망치면 안 돼. 도망치면 무엇 하나 바뀌지 않으리라는 거, 충분히 알고 있잖아.

나는 입술을 꽉 깨물었다.

"알았어요. 그럼 가요, 외삼촌."

외삼촌은 힘차게 고개를 끄덕였다.

택시로 40분이나 걸려 히데아키가 사는 맨션 앞에 도착했을 때 비는 더 세차게 쏟아지고 있었다. 우산을 갖고 오지 않은 우리는 비를 흠뻑 맞으며 맨션 입구까지 달려갔다.

"여기지?"

204호실의 표찰이 붙어 있는 문 앞에서 외삼촌이 멈춰섰다.

"틀림없어요."

나는 오래된 기억을 휘저으며 끄덕였다.

잘 생각해 보면 그와 사귀고 있을 당시 나는 그의 집을 딱 두 번 방문했다. 집이라고 해봐야 늘 내 방에서 만났다. 지금에서야 그것이 부자연스러웠다는 사실을 겨우 알아차렸다. 어쩜 이렇게 둔했을까.

외삼촌은 머리카락에서 뚝뚝 빗방울을 떨어뜨리며 망설이지도 않고 벨을 울렸다. 나는 추위와 긴장으로 온몸이 부들부들 떨렸다. 토할 것 같았다. 아까는 기세 좋게 "알았어요"라고 말했지만, 막상 그의 집 문 앞에 서니 그 기세는 급속히 쪼그라들었다.

이대로 아무것도 하지 않고 그냥 이곳을 떠날 수 있다면 얼마나 마음이 편할까. 반응이 없는 철문을 바라보며 속으로 그렇게 생각했다.

하지만 이미 때는 늦었다. 문 건너편에서 부스럭거리는 기척이 나더니 찰칵, 잠금이 풀리는 소리가 울렸다. 곧이어 손가락 하나 정도의 틈새가 열렸다.

"누구?"

귀에 익숙한 낮은 목소리가 말했다.

외삼촌은 문을 확 잡더니 강제로 열어젖혔다. 트레이닝복 차림의 히데아키가 놀라서 입을 아, 하고 벌린 채 현관에 우뚝 서 있었다. 분명 잠을 자던 중이었을 것이다. 뺨에는 베개 자국이 나 있었고 머리도 엉망이었다. 하지만 튼실한 어깨 라인과 쭉 찢어진 눈은 내가 잘 아는 그때의 모습 그대로였다.

하긴 당연한 일이다. 세월이 10년이나 지난 것도 아니
니. 갑자기 가슴에 무엇인가에 찔린 듯한 통증이 느껴졌다.

히데아키는 눈을 둥그렇게 뜨고 우리를 번갈아 보더니
외삼촌에게 물었다.

"당신, 누구요?"

"애의 외삼촌이오."

"네?"

"외삼촌 사토루요. 다카코의 어머니가 내 누나지."

"아, 그건 알겠고…… 그래서, 무슨 볼일이죠?"

"그래, 볼일이 없으면 안 왔겠지. 아니면 내가 신문 구
독이라도 권유하러 온 걸로 보이나?"

"아니, 그러니까, 용건을 말씀하시라는 건데요."

히데아키가 조금 초조한 목소리로 말했다. 나는 이미
제정신이 아닌 상태에서 두 사람이 대화를 주고받는 모습
을 보고만 있었다. 오늘 밤 외삼촌은 무서울 만큼 공격적
이었다.

"우리가 왜 왔는가 하면, 자네가 내 조카한테 몹시 나
쁜 짓을 했기 때문이야. 뭐 때문에 왔는지 전혀 짐작이 안

되는 건 아니겠지, 설마?"

"어엉?"

히데아키의 목소리가 한 톤 올라갔다. 하지만 외삼촌도 전혀 위축되지 않았다.

"실컷 갖고 놀다가 회사까지 그만둘 수밖에 없는 상태로 몰아넣고는…… 자네한테는 양심이라는 게 조금도 없나? 다른 사람을 그렇게까지 상처 입혔으면서 아무렇지도 않나?"

"이봐요, 제가 언제 다카코를 상처 입혔다는 건데요? 쟤가 그래요?"

"그래."

"당신, 바보 아니야? 외삼촌인지 뭔지 모르겠지만 쟤가 하는 말을 왜 다 그대로 믿는 건데? 거짓말인 거 딱 보면 몰라? 끈질기게 쫓아다닌 건 쟤야."

"내 조카가 그런 거짓말을 해서 무슨 이득을 본다는 거지? 자네 때문에 일도 그만두고 지금까지 계속 괴로워하고 있는데."

"자기가 멋대로 그만뒀다고 알고 있는데."

히데아키의 말을 듣고 외삼촌은 깊은 한숨을 쉬었다.

"안 되겠구나, 다카코. 이 녀석은 근성부터 글러 먹었어."

"어이, 아저씨. 말은 좀 가려가면서 하시지."

히데아키가 불쑥 복도까지 나와서는 외삼촌을 노려봤다. 몸집이 작은 외삼촌과 장신인 히데아키는 키가 20센티미터 가까이 차이 났다. 외삼촌도 지지 않겠다는 듯 얼굴을 치켜들고 히데아키를 노려보았지만 정말로 박력 없어 보였다.

"무슨 일이야?"

안쪽에서 잠옷 차림으로 얼굴을 내민 사람은 그의 약혼자 무라노 씨였다.

최악의 전개. 나는 그 자리에 서 있는 것이 창피해서 어찌할 바를 몰랐다.

"다카코 씨?"

나를 알아본 무라노씨가 눈을 찌푸리며 말했다.

"도대체 무슨 일이야? 다 젖은 데다……."

"갑자기 들이닥쳤어."

히데아키는 그렇게 말하고는 나에게로 고개를 돌리더니 목소리를 높였다.

"야, 다카코. 너 정신이 좀 이상한 거 아니야? 어쩔 작정이야. 한밤중에 이런 아저씨를 끌고 오다니."

"이제 할 말을 해, 다카코."

"저……."

머뭇머뭇 얼굴을 드니 모두가 나를 바라보고 있었다.

아, 어쩌다 이 지경이 된 거지.

세 사람의 시선이 내게 모이자 나는 연기가 되어 사라져버리고 싶었다. 모두 내가 무언가 말하기를 기다리고 있었다. 어떻게든 이 자리를 좋게 마무리 지을 수 있지 않을까, 하고 머릿속을 뒤져봤다.

잠깐 근처에 온 김에 빌려준 책을 돌려달라고 하려고, 결혼 축하 인사를 하려고……. 아니, 아니다. 이게 아니야. 내가 하고 싶은 말은 이런 게 아니다. 나는 여기에 뭘 하러 왔지? 마음을 깨끗이 정리하기 위해서잖아? 여기서 또 적당히 얼버무리고 지나가 버리면 아무것도 해결되지 않는다.

각오를 해. 나는 나 자신에게 힘주어 말했다.

"나는……."

모두의 시선이 내 입을 향했다. 나는 숨을 깊게 들이마셨다. 외삼촌이 격려하듯 지켜봐 주고 있다. 눈물이 흘러 넘치려 했다. 동시에 가슴속에서 계속 뭉쳐 있던 감정이 끓어올랐다. 그러자 더 이상 생각할 여유도 없이 갑자기 말이 홍수처럼 내 입에서 터져 나왔다.

"나는 당신한테 사과받고 싶어서 왔어! 당신한테는 내가 그냥 갖고 노는 상대였겠지만 나는 아니야! 난 정말로 당신을 좋아했어! 나도 사람이야. 감정이 있다고! 당신한테는 쉬운 여자로만 보였겠지만 나도 생각이란 걸 할 줄 알고 숨도 쉴 수 있고 울 수도 있는 사람이야! 당신이 한 짓 때문에 내가 얼마나 큰 상처를 입었는지 알아? 나는…… 나는……."

그다음은 말이 되어 나오지 않았다. 빗물과 눈물과 콧물로 나는 완전히 젖고 말았다. 하지만 반년이라는 시간이 지나서야 그날 밤, 그와 함께 갔던 레스토랑에서 하고 싶었던 말을 드디어 입 밖으로 꺼낼 수가 있었다.

"잘했어, 다카코."

외삼촌은 내 어깨를 강하게 끌어당겼다.

"자, 어떡할 건가? 다카코는 자기 마음을 자네에게 솔직하게 전했어. 자네도 제대로 대답해야 해."

히데아키는 오랫동안 고개를 숙인 채 잠자코 있다가 드디어 작게 중얼거렸다.

"이게 무슨, 어이가 없네. 난 당신들처럼 한가한 사람들 상대할 시간 없어. 이제 자러 갈 거야. 경찰 부르는 게 싫다면 그만 가."

히데아키는 그렇게 말하고는 조용히 문을 닫았다. 안쪽에서 문이 잠기는 소리가 찰칵 나더니 이내 복도가 조용해졌다.

"어이, 이봐!"

외삼촌은 투우처럼 맹렬하게 다가서더니 주먹으로 문을 쾅쾅 두드렸다. 나는 뒤에서 외삼촌을 필사적으로 붙잡았다.

"이제 됐어요, 삼촌."

"그래도, 다카코."

"이제 됐어요. 정말로. 이제 기분이 풀렸어요. 굉장히, 굉장히, 지금까지의 인생에서 최고라고 할 수 있을 정도로 기분이 상쾌해요. 이렇게 큰 소리로 내 마음을 다른 사람에게 솔직하게 말해본 건 태어나서 처음일지도 몰라요."

그렇게 말하며 나는 눈물 콧물 범벅이 된 얼굴로 외삼

촌에게 활짝 웃어 보였다.

"네가 그렇게 말한다면⋯⋯."

외삼촌은 받아들이기 어렵다는 듯 어물어물했다.

"정말로 괜찮은 거지?"

"네. 자, 집에 가요. 이러다가는 둘 다 감기 걸려요."

"⋯⋯알았어."

"네."

나는 문을 향해 마지막으로 "안녕" 하고 중얼거리고는
그 자리를 떠났다.

돌아오는 택시 안에서 우리는 거의 말을 하지 않았다.
외삼촌은 기력이 다했는지 좌석에 푹 가라앉아 있었고,
그 옆에 앉은 나도 긴장이 풀려서 혼자 생각에 잠겼다.

히데아키만 나쁜 게 아니야. 처음부터 그가 나를 어떻
게 생각하고 있는지 알고 있었어. 이렇게 된 건 반쯤은 내
책임이야. 내 어리석음이 초래한 사태야.

다만 나는 나의 이런 마음을 말하고 싶었어. 누가 제멋
대로 군다고 지적하더라도, 나는 내 생각을 있는 그대로
전하고 싶었어. 그렇게 하지 못했던 나 자신의 나약함 때

문에 계속 괴로웠던 거야.

애초에 죄의식이 없는 히데아키에게는 아닌 밤중에 홍두깨 같은 일이었을지도 모르겠지만 어쨌든 그에게 내 마음을 내뱉을 필요가 있었어. 그렇게 하지 않고서는 앞으로 나아갈 수가 없는걸. 오랜 시간이 지난 지금까지도 발을 내딛지 못했던 건 그 때문이었어. 만약 외삼촌이 계기를 만들어주지 않았다면 나는 언제까지나 가슴속에 이 마음을 담고서 상처받은 채로 살았을 거야.

나는 외삼촌에게 감사하는 마음을 전하기 위해서 머릿속으로 여러 가지 말들을 이리저리 굴려봤다. 하지만 아무 말도 나오지 않았다. 결국 내 머리에 떠오른 건 단 한마디뿐이었다. 그래서 곧이곧대로 그 말만 했다.

"고마워요……."

외삼촌은 미소를 짓고는 내 어깨를 자기 쪽으로 끌어당겼다. 나는 외삼촌의 따뜻한 체온을 느끼며 안도했다.

나는 보호받고 있어. 그래, 이런 식으로 나를 걱정하고 내 편에 서서 화를 내주는 사람이 있잖아. 얼마 전까지만 해도 이 넓은 세상에 나 홀로 있는 줄 알았는데, 이렇게 가까이에 나를 지켜주고 생각해 주는 사람이 있는 거야.

우리를 태운 택시는 비에 젖어 네온사인이 번지는 거리를 조용히 달렸다.

얼마 뒤 나는 모리사키 서점을 떠나기로 결심했다.

좀 엉뚱한 형태이긴 했지만 그때의 일이 나의 행동에 탄력을 더해주었다. 가슴속의 응어리가 모두 사라지고 몸이 날아갈 듯 가벼워진 나는 드디어 여기서 나갈 때가 되었다는 것을 알았다.

새로운 방을 구해서 3월부터 그곳에서 살기로 했다. 서점에서는 꽤 멀리 떨어진 곳이었지만 어쩔 수 없었다. 앞으로 어떻게 할지는 아직 정하지 못했다. 하지만 일단은 옛 직장과 관련된 작은 디자인 사무소에서 시간제 사원으로 일하게 되었다.

서점에서 나가겠다는 뜻을 전하자 외삼촌은 무척 놀라 당황해하면서 "그렇게 서두를 필요는 없는데……" 하고 중얼거렸다.

하지만 이미 나는 확실히 결정했다.

"오랫동안 인생의 휴가를 즐겼어요. 저도 슬슬 제가 있을 장소를 찾아 여행을 떠나야지요. 그러지 않으면 아무것도 얻지 못한 채로 끝나버릴 거예요."

그 말을 듣자 외삼촌도 더 이상 나를 막지 않았다.

새로운 거처로 이사하기 전 마지막 한 달 동안, 나는 모리사키 서점에서 보내는 나날을 한껏 만끽했다. 열심히 일하고 비는 시간에는 책을 읽었다. 감사하는 마음으로 서점과 2층 방을 대청소하기도 했다. 첫날 빈방에 엉망진창으로 집어넣었던 장서들도 애정을 담아 깨끗이 정리해놓았다.

단골손님이나 스보루의 친구들에게도 서점에서 나간다는 말을 전했다. 모두가 무척 아쉬워하는 것을 보고 내가 이렇게나 사랑받고 있었다니, 하고 조금 눈물이 나오려 했다. 사부 씨는 "우리 아들한테 시집 와" 하더니, 정말로 아들과 만나게 해주려고 하는 바람에 거절하느라 애를 먹었다.

다카노 군과 도모 짱은 나에게 작은 송별회를 열어줬다. 우리는 서점 2층에서 전골을 만들어 먹으며 밤늦게까지 떠들었다. 도모 짱은 독서 친구가 없어지는 걸 진심으로 서운해하며 말했다.

"축제, 내년에도 함께 가요."

그때 다카노 군에게 살짝 물어본 바에 따르면 얼마 전 도모 짱과 함께 시부야로 영화를 보러 갔다고 했다. 아직 연인으로 발전하진 않은 것 같지만 다카노 군으로서는 그것만으로도 상당한 진보였다. 나도 모르게 "잘됐네!" 하고 그의 마른 등을 힘껏 치고 말았다.

그러던 중 뜻밖에도 히데아키의 약혼자인 무라노 씨에게서 연락을 받았다.

그날 밤 무엇보다도 내 맘에 걸렸던 건 무라노 씨였다. 큰 폐를 끼쳤다는 생각이 들었다. 그래서 그야말로 납작 엎드려 사과할 생각으로 약속한 카페로 나갔는데, 오히려 얼굴을 마주하자마자 그녀가 나에게 머리를 깊이 숙였다.

전부터 히데아키의 언행이 수상하다고 생각했던 그녀는, 그날 심상치 않은 내 모습을 보고 몇 번이나 추궁한 끝에 결국 그의 자백을 받아냈다고 했다. 다만 그전까지는 설마 상대가 나였으리라고는 꿈에도 생각하지 않았다는 것이다.

무라노 씨는 계속 사과했다. 아무리 "저도 잘못이 있는

걸요" 하고 말해도 고개를 저을 뿐이었다. 결혼도 백지로 되돌렸다기에 깜짝 놀란 내가 사과하자 그녀는 "다카코 씨 잘못이 아니에요" 하고 딱 잘라 말했다.

나는 일이 그렇게까지 된 것에 대해 죄책감을 느꼈다. 하지만 훗날 그 일을 외삼촌에게 알리자 외삼촌은 "그 애가 옳아. 결혼하고 나서 남편에게 그런 문제가 있다는 사실을 알게 되는 것보다는 그 전에 알게 된 게 오히려 다행이지 않니"라고 했다. 히데아키를 적으로 여기는 외삼촌다운 의견이었지만 뭐, 거기에도 일리가 있다는 생각이 들어 나는 어깨의 짐을 내려놓을 수 있었다.

서점에서 보내는 마지막 날 밤. 나와 외삼촌은 2층 베란다에서 겨울 밤하늘을 올려다보며 커피를 마셨다.

외삼촌은 기념이라면서 헌책을 수십 권 선물했다. 젊었을 때 읽고 감명받은 책들이라고 했다. 무거워 보이는 종이봉투 속을 들여다보니 후쿠나가 다케히코, 오자키 가즈오 등 꽤 묵직한 작가의 작품이 가득 들어 있었다.

우리는 마지막 날 밤을 무척 편안한 마음으로 보냈다. 그때 외삼촌이 해준 말을 나는 평생 잊지 못할 것이다.

"다카코야, 떠나기 전에 나에게 약속해 줄 게 있어."

외삼촌은 그렇게 운을 뗐다.

"누군가를 사랑하는 걸 두려워하지 마. 누군가를 좋아할 수 있을 때 마음껏 좋아해야 해. 설령 그 때문에 슬픔이 생기더라도 아무도 사랑하지 않고 사는 쓸쓸한 짓 따위는 하면 안 돼. 나는 네가 이번 일로 더 이상 누군가를 사랑하지 않기로 마음먹었을까 봐 무척 걱정이 돼. 사랑하는 건 멋진 일이란다. 그걸 부디 잊지 말아라. 누군가를 사랑한 기억은 결코 사라지지 않아. 언제까지나 기억 속에 남아서 마음을 따뜻하게 적셔준단다. 나처럼 나이를 먹고 나면 알게 될 거야."

외삼촌은 그렇게 말하고는 "어때, 약속할 수 있겠니?" 하고 물었다.

"알았어요. 약속해요."

나는 고개를 끄덕였다.

"전 여기에서 이미 그걸 배웠다는 생각이 들어요. 그러니까 걱정하지 마세요."

"그래. 그렇다면 어딜 가든 분명 괜찮을 거야."

"네. 고마워요, 삼촌."

떠나는 날, 아침 햇살 속에 선 나는 가만히 모리사키 서점을 바라봤다. 작고 오래된 목조 건물. 내가 이곳에서 살았다는 것이 왠지 믿기지 않았다.

하얀 입김을 내뱉으며 나는 한동안 그 자리에 서 있었다. 거리는 부드러운 아침 햇살에 감싸여 있었다. 아직 문을 연 서점이 없어서 주변은 고요하고 온화한 공기에 덮여 있었다.

나는 자세를 바로 하고 서점을 향해 고개를 깊숙이 숙여 절을 했다. 모리사키 서점의 생활이 나에게 준 것을 절대로 잊지 않을 거야, 그렇게 맹세하며.

이른 아침 시간인데도 일부러 배웅하러 와준 외삼촌에게 나는 진심으로 감사의 인사를 했다. 이제 외삼촌은 나에게 엄청나게 큰 존재가 되었다. 이상하다. 처음 이곳에 왔을 때만 해도 이렇게 될 줄은 상상도 하지 못했는데.

헤어질 때가 되자 외삼촌은 다른 사람의 시선도 아랑곳하지 않고 어린아이처럼 엉엉 울었다. 어젯밤의 듬직했던 모습은 온데간데없었다.

"역시 싫어. 가지 마, 다카코."

그러면서 내 손을 꼭 잡고 놓아주려 하지 않았다.

"조만간 또 올게요."

입장이 바뀌었구나, 하고 생각하면서 나는 외삼촌을 위로했다.

"그러니까 부디 건강만큼은 잘 살피세요. 언제까지나 이 서점을 지켜주세요."

앞으로 1초만 더 여기에 머물렀다가는 결심이 흔들릴 것 같았다. 그래서 멈춰 세우려는 외삼촌에게 재빨리 이별을 고하고 큰길을 향해 걸어 나갔다.

사쿠라도리가 끝나도록 한 번도 뒤돌아보지 않고 성큼성큼 걸어갔다. 지금까지 쌓인 추억이 북받쳐서 눈물이 흘러나오려는 것을 꾹 참으며 길 끝까지 걸어갔다.

길 끝에 다다르자 문득 어떤 예감이 느껴지기에 멈춰서서 살짝 돌아봤다. 작아진 외삼촌이 길 한가운데 우뚝 서서 이쪽을 향해 손을 크게 흔들고 있는 모습이 눈에 들어왔다. 그 모습을 보자 더 이상 참을 수가 없었다. 눈물이 멈추지 않고 뚝뚝 떨어졌다.

나는 얼굴을 엉망으로 찌푸린 채 눈물을 흘리며 손을 흔들어줬다. 외삼촌은 더욱 크게 손을 흔들었다. 아침 햇빛이 외삼촌 뒤에서 빛나고 있었다.

나는 "건강하세요!" 하고 외치고는 발길을 돌려 이미 사람들로 넘치는 야스쿠니도리로 들어섰다.

지나가는 사람들은 꺽꺽 울면서 활보하는 나를 보고 참 이상한 여자라고 생각하겠지. 하지만 그런 건 조금도 신경 쓰이지 않는다.

그래, 지금 나는 울고 싶어서 울고 있는 것이고 이 눈물은 지금까지 흘린 눈물 중에서 가장 행복한 눈물이니까.

거리를 떠도는 이른 아침의 톡 쏘는 공기에 살짝 봄의 기운이 섞여 있었다.

나는 그것을 들이마시며 곧장 앞으로 나아갔다.

모모코 외숙모의 귀환

"다카코. 오래간만이구나. 왠지 나, 우라시마 타로*가 된 기분이야."

서점 앞에서 기다리고 있던 모모코 외숙모는 나를 보자마자 그렇게 말하며 깔깔깔 웃었다. 작은 헌책방 거리에 그 낭랑한 웃음소리가 울려 퍼졌다. 아이처럼 구김살 없고 천연덕스러운 모습에 오히려 내가 움츠러들었다.

정말 돌아오셨구나.

* 거북을 구해주었다가 용궁에 초대받아 3일 동안 머물다 귀향했는데 바깥은 300년의 시간이 지나 있었다는 내용의 일본 전래동화 속 주인공이다.

모모코 외숙모를 눈앞에서 보고 나서야 드디어 사태를 파악했다. 아니, 이미 소식은 들었으므로 머리로는 알고 있었다. 하지만 실제 내 눈으로 볼 때까지는 믿을 수가 없었다. 지인에게서 "유령을 봤어" 하는 말을 들은 느낌이라고나 할까.

하지만 모모코 외숙모는 정말로 돌아왔다. 그리고 굉장히 명랑했다. 뭘까, 이 밝은 기운은. 이게 5년 동안이나 행방불명이었다가 갑자기 돌아온 사람이 보일 태도란 말인가. 한편 사토루 삼촌은 썩은 고기를 입에 문 개 같은 얼굴을 한 채 우두커니 옆에 서 있었다. 이거야 원, 입장이 반대 아닌가.

"뭐야, 유령이라도 본 것 같은 그 표정은. 너무하네."

내가 아직 말도 못 한 채 바라보고만 있자, 모모코 외숙모는 뾰로통한 목소리로 말했다.

유령을 보는 편이 차라리 덜 놀라울 것 같아요.

나도 모르게 그런 말이 입에서 나올 뻔했지만 꾹 참고 "모모코 외숙모, 건강해 보이시네요"라며 간신히 대꾸했다. 내가 외숙모를 마지막으로 본 건 10년도 더 전이었다.

모모코 외숙모는 젊은 시절 제법 고운 사람이었다. 눈

에 띄는 미인은 아니었지만 묘하게 사람의 눈길을 끄는 아름다움이 있었다. 비싼 보석은 아니어도 해변에서 발견한, 반짝반짝 빛나는 조약돌 같았다고나 할까. 친척 모임에서 사람들 눈에 띄지 않는 맨 구석에서 반듯이 앉아 있던 모습이 인상적이었다(모모코 외숙모는 몸집이 꽤 작다). 어린 나에게는 그 모습이 어쩐지 신비롭게 보였다.

나이를 먹어서도 모모코 외숙모는 여전히 아름다웠다. 엷은 갈색 스웨터에 청바지를 심플하게 입었고 화장기도 거의 없었다. 하지만 시시때때로 변하는 다양한 표정과 쭉 곧게 뻗은 자세 그리고 활달하게 말하는 모습이 젊어 보이게 했다. 나이를 먹었다기보다는 허물을 벗듯 쓸데없는 것을 벗어버렸다고 표현하는 쪽이 더 가까울지도 모르겠다.

어쨌든 외숙모는 도저히 집을 뛰쳐나갔다 갑자기 돌아온 사람으로는 보이지 않을 정도로 활기가 넘쳤다. 그에 비하면 외삼촌은 옷도 지저분하고 어깨도 구부정하고 머리는 부스스한 게, 아무리 봐도 훨씬 더 나이가 들어 보였다.

"다카코는 이제 숙녀가 다 됐구나."

모모코 외숙모는 눈을 가늘게 뜨고 나를 눈이 부시다는 듯 바라보며 말했다.

"아버님 장례식 때는 아직 고등학생이었지. 그때가 바로 어제 같은데 말이야."

화창하게 맑은 가을날의 해 질 녘. 나와 사토루 삼촌과 모모코 외숙모는 모리사키 서점 앞에서 이렇게 얼굴을 마주했다.

꿈

그 사람이 돌아왔어.

이틀 전, 흥분한 기색이 역력한 사토루 삼촌의 전화를 받았다. 내가 모리사키 서점을 나온 지 1년 반이라는 시간이 흐른 뒤였다.

서점에서 보낸 긴 휴가를 끝내고 작은 디자인 사무소에서 일하기 시작한 나는, 3개월 전에 아르바이트에서 정규직 사원이 되었다. 그 탓에 조금 바쁜 나날을 보내고 있었던 터라 서점에도 두 달 동안 얼굴을 내밀지 못했다. 그래서 외삼촌에게서 전화가 걸려 왔을 때 처음엔 그냥 놀러오라는 얘기일 거라고 생각했다. 하지만 몹시 흥분한 외삼촌의 목소리를 듣고 곧바로 보통 일이 아니라는 걸 깨달았다.

외삼촌은 어떤 일이 일어났는지 듣는 사람이 지루할 정도로 상세히 이야기했다. 두 시간에 걸친 그 얘기를 간략하게 정리하자면 이랬다.

외삼촌은 그날도 평소와 다름없이 아침부터 늦게까지 서점을 열어놓고 있었다. 그날은 모리 오가이와 오다 사쿠노스케의 희귀본이 팔리는 등 수입이 짭짤한 날이었다. 평상시보다 훨씬 더 기분이 좋아진 외삼촌은 밤이 깊어 휘파람을 불며 가게 문을 닫고 있었다. 그때 바깥문이 조용히 열리며 누군가가 들어왔다.

어라, 이런 시간에 손님이라니? 외삼촌은 그렇게 생각하면서도 문 쪽을 등진 채 폐점 작업을 계속했다. 하지만 손님은 좀처럼 가게 안쪽까지 들어오지 않았다. 숨을 죽이고 문 앞에 가만히 멈춰 서 있기만 했다. 아무래도 이상하다 싶어 뒤를 돌아보려 하는데 손님이 불쑥 뭐라고 한마디 흘렸다. 그 목소리를 듣고 외삼촌은 "둔기로 머리를 한 방 얻어맞은 것 같은" 충격을 받았다.

처음에는 잘못 들었나 했다. 하지만 외삼촌은 그렇지 않다는 사실을 알고 있었다. 그 목소리를 잘못 듣는 일은 모리사키 서점에 손님 100명이 한꺼번에 밀려오는 일만큼이나 있을 수 없었다.

뻣뻣하게 굳어 움직이지 못하는 외삼촌의 등을 향해 상대는 다시 한번, 조금 더 또렷하게 말했다.

"사토루……."

숨을 깊게 들이마신 외삼촌은 겨우 뒤돌아서서 목소리의 주인공을 바라봤다.

익숙한 서점 안 풍경이 뒤로 스윽 물러났다. 누군가가 문 앞에 서 있는 모습만이 외삼촌의 망막에 또렷이 맺혔다. 그곳에 서 있는 사람은, 5년 전에 집을 나간 뒤로 1분 전까지만 해도 전혀 소식을 알 수 없었던 아내였다.

사토루 삼촌은 아내에게서 눈을 뗄 수 없었다. 꿈이라도 꾸는 것 같았다. 그런 꿈을 지금까지 몇백 번이나 꿔왔기 때문이었다. 하지만 이번엔 꿈치고는 너무나도 생생했다. 나가기 전과 조금도 변함없는 모습으로, 모모코 외숙모가 분명히 그곳에 서 있었다.

오랜 침묵이 이어진 뒤, 모모코 외숙모가 차분하게 미소를 띠며 말했다.

"다녀왔어."

마치 잠깐 산책이라도 다녀왔다는 투였다. 짐도 손에 들고 있는 작은 가방 하나가 전부였다.

외삼촌은 오랫동안 꼼짝하지 않고 외숙모를 바라보다가 드디어 대답했다.

"어서 와."

모모코 외숙모는 아무 말 없이 2층 방으로 살며시 올라갔다.

그 후로 외숙모는 서점 2층에 살게 되었다……

"자, 잠깐, 잠깐만요."

거기까지 수화기를 통해 가만히 듣고 있던 나는 그만 한계에 도달하고 말았다.

"뭐예요, 그게. 뭐가 '다녀왔어'고 뭐가 '어서 와'냐고요. '살게 되었다'라니. 이거 무슨 괴담 같잖아요."

그래도 외삼촌은 끝까지 진지하게 대답했다.

"글쎄 정말이라니까, 다카코."

"그게 정말이라면 두 사람 다 정상이 아니에요. 모모코 외숙모는 왜 그렇게 갑자기 돌아오셨대요? 삼촌은 어째서 화도 한 번 내지 않고 받아들였어요?"

"그게 참 신기하지." 외삼촌은 얼빠진 목소리로 감개무량해하며 말했다. "하지만 자연스럽게 그리 됐어."

기가 막혀 더 이상 말도 나오지 않았다. 분명 외삼촌은 속세의 상식 위에 붕 떠 있는 면이 있는 사람이긴 했지만, 이번에는 부부가 함께 붕 떠 있었다.

"혹시 그 뒤로도 외숙모에게 아무 얘기 못 들었어요?"

내가 심각한 목소리로 묻자 외삼촌은 태연자약하게 대답했다.

"응, 뭐랄까, 묻기가 좀 힘들어."

"아유 참. 구니타치에 있는 집에 모시고 가서 찬찬히 물어보면 되잖아요."

"거긴 마음이 안정되지 않는다면서 서점 2층이 좋다는 거야. 다카코, 난 여자의 마음을 요만큼도 모르겠어. 모모코는 왜 돌아온 걸까?"

외삼촌은 전화 너머에서 궁색한 목소리로 물었다. 하지만 나는 차갑게 대답했다.

"전들 알겠어요? 자기 부인이니까 삼촌이 가장 잘 아셔야죠."

"그야 전에는 누구보다도 잘 안다고 생각했어. 하지만 지금은 혼란스러워서 암중모색 중이야. 넌 여자니까 같은 여자끼리 알 수 있는 부분이 있지 않겠니?"

"성별이야 같지요. 하지만 종이 다른 생물이라고 생각해요."

내가 이렇게 말하자 한동안 잠자코 있던 외삼촌이 불쑥 말했다.

"있잖니, 다카코. 네 외숙모…… 다시…… 집을 나가 버리면 어떻게 하지?"

절실함이 담긴 외삼촌의 목소리에 나는 아주 조금 마음이 흔들렸다. 이전에 둘이서 밤길을 타박타박 걸으며 외숙모에 대해 얘기했을 때 그 쓸쓸해 보이던 외삼촌의 뒷모습이 떠올랐다.

그래, 이 사람은 누가 뭐라 해도 아직 외숙모를 사랑하고 있어. 그리고 그것 때문에 지금도 괴로워하고 있어. 그런 쓸쓸한 뒷모습을 다시 보고 싶진 않아.

"삼촌은 외숙모가 나가시지 않았으면 해요?"

"모르겠어. 전에는 어디에 있더라도 행복하게 살기만 한다면 그걸로 괜찮다고 생각했는데, 이렇게 다시 돌아오니까 또 다른 마음이 들기도 해. 하지만 모모코가 내 옆에 있어서 불행해진다면 좋을 리 없고…… 아, 나는 왜 이다지도 이기적일까!"

아이구야. 이래서는 끝이 안 나겠다. 체념한 내가 물었다.

"그래서요? 저한테 뭘 부탁하고 싶으신데요?"

"어? 부탁할 게 있다는 걸 어떻게 알았니?"

"그야 알지요. 제가 외삼촌과 얼마나 많은 시간을 함께 보냈는데요."

"다카코야, 너만큼 멋진 조카는 이 세상에 둘도 없을 거야. 고맙다."

대충 그런 거라고 짐작은 했다. 외삼촌의 부탁이란 나한테 외숙모의 속마음을 알아봐 달라는 것이었다. 왜 지금 돌아왔고 앞으로 어떻게 할 생각인지. 5년 전에 '건강하게 잘 살아갈 거예요. 찾지 마세요'라는 단 두 줄의 글만 남겨놓고 집을 나갔던 외숙모다. 짐도 거의 가져가지 않았다. 집을 나가기 전 어떤 전조도 느낄 수 없었기 때문에 이번에도 무슨 일이 일어날지 알 수 없었다.

그 당시 외삼촌은 고민한 끝에 그녀가 요구한 대로 찾지 않기로 했고, 경찰에도 신고는 하지 않았다고 한다.

"우리에겐 아이가 없던 터라 모모코는 너를 마음에 들어 했어. 그러니 너에겐 분명 뭔가 얘기해줄 거야."

마지막에 그렇게 덧붙인 외삼촌은 "부디 잘 부탁한다!" 하면서 전화를 끊었다.

모모코 외숙모가 나를 마음에 들어 했다고? 나랑은 거의 얘기를 나눈 적도 없는데? 아무래도 의심스럽다. 정말이지, 아무리 그래도 부부 문제에 조카인 내가 넉살 좋게 나서는 건 역시 꺼림칙하다. 하지만 외삼촌의 처량한 목소리를 듣고 있자니 거절할 수도 없었다. 이러니저러니 해도 외삼촌은 나의 소중한 은인이니까.

~~~~

"우선 안으로 들어가자. 밀린 얘기도 있고."

서점 앞에 서 있던 외삼촌과 나는 모모코 외숙모의 재촉을 받으며 안으로 들어갔다. 모리사키 서점에는 두 달

만에 찾아온 것이었다.

서점 안은 변함없이 책으로 넘쳤다. 걸음을 옮길 때마다 나무로 된 바닥에서 삐걱거리는 소리가 났다. 창문을 통해 들어온 부드러운 저녁 햇살 속에서 하늘하늘 먼지가 춤을 췄다. 나는 오랜만에 서점의 공기를 가슴 한가득 들이마셨다.

처음 방문했을 때 "곰팡내 나" 하고 얼굴을 찌푸려서 외삼촌이 쓴웃음을 지었던 일이 생각났다. 지금은 헌책으로 가득 찬 이 공간의 곰팡내가 참을 수 없이 사랑스럽게 느껴지니 신기하다.

셋이서 계산대 앞에 옹기종기 앉아서 붕어빵을 먹었다. 오는 도중에 내가 사 온 것이었다. 먹고 있는 동안 두 번쯤 손님이 왔는데, 그 두 손님들 다 고양이들끼리 회담하듯 모여 앉은 우리를 보고 흠칫 놀라더니 부랴부랴 책을 골라서 나갔다. 손님 대응은 외삼촌 대신 외숙모가 사근사근하게 나섰다. 과연 오랫동안 헌책방집 안주인을 해온 관록이 엿보였다.

서점 안에서도 줄곧 외숙모만 얘기했다. 모모코 외숙모의 얘기는 마치 조종이 불가능한 비행기처럼 맥락이라는 것이 전혀 없었다.

"그래, 다카코. 여기서 산 적이 있다고? 지금의 나랑 같구나. 에어컨이 완전히 망가져서 여름에는 꽤 더웠지? 어머, 이 붕어빵은 꼬리까지 팥소가 듬뿍 들어 있는 게 굉장히 맛있네. 어디서 샀니? 이 주변도 예전에 비해서 많이 변했어. 멋쟁이 가게가 늘어났고. 아아, 멋쟁이라는 말을 쓰다니 아줌마 맞다. 그치?"

그렇게 거침없이 화제를 바꿔가면서 외숙모는 때때로 사토루 삼촌의 뺨을 꽉 꼬집었다. 몇 번이나 꼬집히는 바람에 외삼촌의 양 볼은 이미 새빨갰다.

"저, 아까부터 왜 삼촌 뺨을 꼬집으시는 거예요?"

너무나 기묘한 모습에 내가 놀란 얼굴을 하고 참견하자 외숙모는 "어머? 또 꼬집었어?" 하며 눈을 동그랗게 떴다.

"꼬집으셨어요."

"아, 오래된 버릇이야. 남의 뺨 꼬집는 거. 친한 사람한테는 말이지, 나도 모르게 뺨을 꼬집게 돼. 애정 표현이라고나 할까. 하지만 꼬집힐 때 사토루 씨의 얼굴 좀 귀엽지 않니?"

그러더니 모모코 외숙모는 양손으로 외삼촌의 양 뺨을 있는 힘껏 쥐었다. 그러고는 마치 아이들이 놀이를 하다가 진 사람에게 벌칙을 주듯 상하좌우로 손을 움직였다. 외삼촌의 얼굴은 굉장히 처량해 보였을 뿐 딱히 귀엽지는 않았다.

"그만둬어어."

외삼촌은 꼬집힌 채로 비통한 소리를 냈다. 하지만 이미 익숙해져 있는지 반쯤은 포기한 목소리였다. 외숙모는 외삼촌의 반응을 보고 깔깔깔 웃더니 겨우 놓아줬다. 외숙모는 어쩌면 사디스트인지도 모르겠다.

"다카코 앞에서 창피하지도 않아?"

"어머, 상관없잖아. 남도 아니고. 다카코는 조카인걸."

"어른의 위엄이라는 게 없어지잖아."

외삼촌의 말에 외숙모는 "당신한테는 위엄이라는 게 있었던 적이 없어" 하고 바로 딱 잘라 말했다.

사이가 좋아지면 나도 꼬집히는 걸까. 두 사람이 주고받는 대화를 들으면서 무서워졌다.

외숙모의 화제는 다시 다른 데 옮겨 갔다.

모모코 외숙모는 갑자기 내 두 손을 꼭 쥐더니 진지하

게 나를 바라보며 말했다.

"다카코를 만나서 기뻐. 가끔 네 생각을 했어. 귀여운 우리 조카는 지금 뭘 하고 있을까 하고. 고등학생 때의 다카코는 조용하고 침착하면서 청순가련한 아가씨라는 느낌이었는데. 게다가 두 갈래로 땋아 내린 머리가 무척 귀여웠고."

"어, 그렇게 생각하셨어요? 전혀 그렇지 않았는데."

할 말을 잃었다. 당시 나는 한창 사춘기여서 늘 마음이 불안했다. 하지만 그걸 겉으로 드러내지도 못하고 그렇다고 혼자서 제대로 소화하지도 못해 전전긍긍했다. 그 모습이 그렇게 보였다니. 친척 모임에서 얌전히 있었던 이유는 단지 그 자리에서 나에게 시선이 모이는 일을 피하기 위함이었다.

사람의 인상이란 별로 믿을 만한 게 못 되는구나. 번쩍번쩍 눈을 빛내며 이쪽을 바라보는 외숙모를 바라보며 멍하니 생각했다. 하긴 나 역시 사토루 삼촌에 대해서 잘 모르지 않았던가.

결국 사람이란, 서로 진심으로 마주하지 않는 한 피가 섞여 있어도, 같은 반이나 직장에서 몇 년을 같이 지냈어도 실제로는 아무것도 모른다. 히데아키와의 일은 나에게도 책임이 있었다. 새삼 그런 생각까지 하게 됐다.

"그러는 외숙모도 뭔가 옛날하고는 이미지가 완전히 달라진 느낌이에요."

나도 반격에 나서려는 마음에 조금 빈정거리는 투로 말해봤다. 하지만 외숙모는 큰 소리로 호쾌하게 웃을 뿐, 조금도 신경 쓰지 않았다.

"그야 그럴 수밖에. 글쎄, 난 친척 모임에서는 얌전한 척 연기를 하지 않았겠니. 이 사람의 친척들은 고루한 사람이 많잖니? 아버님도 그야말로 노* 가면을 쓰고 있는 게 아닌가 싶을 정도로 표정이 늘 변함없었고. 게다가 우린 갑자기 결혼했던 터라 친척들이 모인 자리에서는 마음이 무척 불편했단다. 그런 자리에 우리가 나타나면 방 안 공기가 긴장으로 가득 찼는걸. 그래서 가능한 한 친척들 눈에 띄지 않으려고 구석에 오도카니 있었어."

"네에, 그러셨군요. 그런데도 어떻게 결혼까지 하셨네요."

---

* 能. 일본의 전통적인 가면 음악극.

"글쎄, 당시만 해도 동거는 아직 떳떳하지 않은 일이었 거든. 그래서 파리에서 만나 사랑에 빠진 우리는 일본에 돌아와서 바로 혼인신고를 했어. 그야말로 쇠뿔도 단김에 뺀다는 식이었지."

"파, 파리?"

놀란 나는 새된 목소리를 냈다.

"왜 또 파리예요?"

"어머, 몰랐구나? 그때 난 이러저러한 일로 파리에 머물고 있었는데, 이 사람이 무전여행을 하다가 들른 벼룩시장 헌책방에서 우연히 만나게 된 거야. 가업이 헌책방이라면서 여행까지 왔는데도 굳이 헌책방을 찾다니. 더구나 그때 이 사람은 수염이 있는 대로 나고 넝마 같은 옷을 입고 있어서 꼭 거지 같았어."

"그렇게 하고 다녀야 소매치기나 강도의 표적이 되지 않거든."

외삼촌이 옆에서 반론했다. 하지만 외숙모는 그 말을 무시했다.

"그래도 있지, 얘기해 보니까 재미있는 사람이고, 우물쭈물하는 게 어두운 분위기도 있어서 어쩐지 그냥 내버려

둘 수가 없었어. 그래서 좀 사귀어볼까, 하게 된 거지."

"그래요?"

어느 틈엔가 나는 외숙모의 페이스에 말려들고 말았
다. 외삼촌이 고민을 끌어안고 온 세계를 여행하던 시기
에 만난 거구나. 더구나 파리라니, 로맨틱해라. 하지만 가
장 이해할 수 없는 부분은 외숙모가 왜 파리에 있었느냐
는 거였다. 이유를 물어봤지만 뭐 젊었으니까, 하고 얼른
얼버무렸다. 역시 수수께끼가 많은 사람이다.

"어쨌든 그렇게 만나서 일본으로 돌아와 결혼했는데
우리를 바라보는 다른 사람들의 시선은 차갑기만 했어.
하지만 아버님이 쓰러지시고 이 사람이 서점을 잇기로 결
정한 뒤로, 우린 모두에게 본때를 보여주자며 필사적으로
노력했지."

"난 특별히 본때를 보여주자는 생각은 하지 않았어."

외삼촌이 또 끼어들었다.

"거짓말하지 마. 당신은 아버님에게 맺힌 게 많았잖아.
나도 그 정도는 다 알고 있었다고."

외삼촌은 찍소리도 못 하고 얌전해졌다. 자기 아내인
데도 전혀 감당이 안 되는 모양이었다. 나는 외삼촌의 그

런 모습을 처음 봐서 몇 번이나 웃음이 나올 뻔했다.

그나저나 옆에서 보고 있자니 두 사람은 정말로 사이 좋은 부부였다. 이상한 얘기지만 나는 두 사람의 관계가 부럽기까지 했다. '부부'라기보다는 '동지'나 '옛 친구'라고 하는 게 어울리는 친밀한 분위기가 내 마음까지도 따뜻하게 해주었다.

"그럼 난 일이 바빠서."

잠시 뒤 외삼촌이 변명 비슷하게 중얼거리면서 자리를 뜨자 외숙모는 나를 2층으로 끌고 갔다. 그리고 마치 비밀 이야기라도 하려는 듯 몸을 내게 가까이 붙이며 말했다.

"그러니까 다카코, 앞으로 사이좋게 지내자꾸나."

외숙모는 다시 내 손을 잡고 나를 진지하게 바라봤다. 아이같이 작은 손이었다.

"네……."

"외삼촌하고만 사이좋게 지내는 건 너무해. 나도 다카코하고 사이좋게 지내고 싶어. 응, 괜찮지?"

"네."

고개를 끄덕이면서 이거 좀 무서운데, 하고 나는 속으로 웅얼거렸다.

해가 완전히 진 뒤에도 계속해서 나를 붙잡는 외숙모에게 반강제로 이별을 고하고 서점을 나왔다.

역으로 이어지는 좁은 골목을 어슬렁어슬렁 걸었다. 밤기운이 서늘한 것이 조금은 싸늘했다. 가로등 불빛에 내 그림자가 길게 늘어나 길 위를 쓸고 지나갔다.

스보루 앞을 지나갈 때 나도 모르게 발걸음을 멈췄다. 쓸쓸한 밤길에 오렌지색 불빛이 반짝이는 카페를 보니 파블로프의 개처럼 반사적으로 커피를 마시고 싶어졌다. 시계를 보니 아직 8시가 조금 지난 시각이었다. 나는 빨려 들어가듯 문을 열고 안으로 들어섰다.

가게 안은 늘 그렇듯 밤이 되어서도 활기가 넘쳤다. 손님들이 웃고 떠드는 소리가 차분한 피아노곡에 섞여서 입구에 선 나에게까지 들려왔다. 카운터석 너머로 익숙한 모습이 보였다. 땅딸막한 등판과 반들반들한 머리의 남자는 사부 씨가 틀림없었다. 스보루 사장님과 이야기 삼매경에 빠져 있었다. 내 존재를 알아차리자 그는 크게 손짓하며 불렀다.

"야아, 다카코 짱, 오래간만이야."

내가 사부 씨 옆에 앉자 사장님은 평소와 다름없이 웃는 얼굴로 맞췄다.

나름대로 생긋 웃어 보였는데 사부 씨가 갑자기 시비를 걸어왔다.

"다카코 짱, 좀 더 반가워 해야지. 그러니까 인기가 없는 거야."

"쓸데없는 참견이에요."

내가 되받아치자 사부 씨는 뭐가 그리 우스운지 쿡쿡 웃었다.

"하지만 마침 잘 왔어. 그 얘기를 하던 참이었거든. 모모코 씨가 돌아왔다고? 사토루 씨도 말이야, 그런 일이 있으면 나한테 먼저 말을 해야지. 생판 모르는 남처럼 왜 그런대."

그 목소리는 분명히 호기심에 가득 차 있었다.

"사부 씨도 참, 너무 세세히 알려고 하지 말아요" 하고 사장님이 뭐라 했다. 그러자 사부 씨가 삐친 목소리로 투덜거렸다.

"그게 뭐 어때서. 모모코 씨가 돌아왔다는 얘기는 사장님이 꺼낸 거잖아."

아저씨가 삐쳐봤자 요만큼도 귀엽지 않다. 내가 만나
고 싶었던 건 귀여운 도모 쨩이었는데, 아쉽게도 그녀는
대학원 졸업 후 취직을 해서 이제 가게엔 안 나온다고 했
다. 다카노 군하고는 여전히 '친구' 관계를 이어가고 있는
모양이지만.

사장님이 사부 씨의 툴툴거리는 소리를 귓전으로 흘리
며 내 앞에 커피를 살그머니 놓았다. 그러면서 "모모코 씨
가 어젯밤에 훌쩍 가게에 찾아왔거든. 그래서 그만……"
하며 미안해했다. 그러나 역시 그 눈에도 호기심이 깃들
어 있었다.

"두 분 다 모모코 외숙모를 전부터 알고 계셨나 봐요."

"물론이지. 내가 이 동네에서 몇 년을 어슬렁거렸는
데."

사부 씨가 자랑스럽다는 듯 가슴을 쑥 내밀며 말했다.

"어, 모리사키 씨가 결혼하셨었나요? 아무리 봐도 이
미지랑 안 맞으신데."

어느 틈엔가 주방에서 나온 다카노 군까지 접시와 행주
를 양손에 들고서 흥미진진하다는 듯 얘기에 끼어들었다.

"아, 그래, 그 사람은 분명 홀아비 같은 느낌이 있지. 하지만 젊은 시절에는 사람들한테 정말 붙임성 있게 잘했어. 그렇죠, 사장님?"

"그러기도 했지요. 어쨌든 모모코 씨는 변함없이 예뻤어요. 건강해 보였고. '오래간만에 사장님의 커피를 마실 수 있어서 행복해요'라고 하더군요."

"추켜세워 주니까 기분이 좋아서 헬렐레하는군. 그건 잘못된 거야! 몇 년이나 행방을 감추고 살다가 갑자기 돌아오다니, 농담도 정도가 있지. 사토루 씨도 그런 사람은 얼른 내쫓아 버려야 해. 만약 우리 집사람이 그런 짓을 했다면 아주 그냥 눈물 콧물 쏙 빠지게……."

사부 씨는 얘기하면서 혼자 흥분해 얼굴이 삶은 문어처럼 새빨개졌다.

"아이쿠. 그렇게 세게 나가도 돼요, 사부 씨? 책이 처분당할 때마다 늘 부인한테 울며 매달리시면서."

나와 다카노 군은 사장님의 말을 듣고 함께 웃음을 터뜨렸다.

"조, 조용히 해! 자네도 뭘 웃는 거야. 일하라고, 일!"

"죄송해요, 죄송해요."

사부 씨가 물수건을 집어던지자 당황한 다카노 군은 안으로 도망쳤다.

"왜 우리 직원에게 화풀이하는 거예요?"

사장님이 사부 씨에게 어이없다는 표정을 지어 보였다.

"평소에는 그쪽이 괴롭히는 걸로 아는데."

"그건 사랑이에요, 사랑."

사장님은 진지한 얼굴로 대꾸했다.

"사부 씨가 부인에게 품고 있는 건 공포고."

"사장님은 말이야, 정말 옛날부터 성격이 못됐어. 나지금 화났어. 뚜껑이 열렸다고. 좋아, 그럼 내가 사토루 씨 대신 모모코 씨한테 한 소리 해줄 거야. 어찌 됐든 그 숙맥은 세게 말하는 건 못 할 테니까."

"어허, 이보세요. 남의 집 사정에 고개 들이미는 거 아니에요."

사장님은 그렇게 말하며 야단을 쳤지만 분명 불을 붙인 건 그였다.

이것 참. 이 동네에는 아무래도 이상한 사람들만 모여 있는 것 같군. 그렇게 생각하며 싱겁게 웃고 있자니 사부 씨가 이번엔 내게 시비를 걸어왔다.

"다카코 짱, 혼자서 능글맞게 웃는 거 아냐. 기분 나쁘 잖아."

9시가 지나자 떠들 만큼 떠든 사부 씨가 집으로 돌아갔 고(아마 빨리 돌아가지 않으면 부인한테 야단맞을 테니), 나는 테이블 자리로 옮겨 앉았다.

그러고 나서 곧바로 사건이 생겼다.

밤도 깊어 손님도 이제 드문드문 남아 있었다. 자리에 앉아 커피 리필을 부탁하고는 얼마 전부터 읽기 시작한 문고본을 가방에서 꺼내 펼쳤다. 그러다가 어라, 싶었다. 창가 자리에 낯익은 사람이 앉아 있었다.

20대 후반 정도 되는 마른 체격의 남자였다. 하늘색 셔 츠에 회색 슬랙스 차림으로 머리는 짧고 단정했다. 화려 하지는 않지만 깔끔한 느낌의, 인상이 좋은 사람이었다. 읽고 있던 문고본을 탁자 위에 엎어놓은 채로 사람을 기 다리고 있는지 멍하니 창밖을 바라보고 있었다.

누구였더라. 가만히 쳐다보고 있었는데 내 시선을 느 꼈는지 그가 불쑥 이쪽으로 고개를 돌렸다.

그도 나와 눈이 마주치자 어라, 하는 얼굴을 했다. 그 러고 나서 내 얼굴과 내가 손에 들고 있는 문고본을 비교

해 보듯 번갈아 살펴보더니 아하, 하는 표정을 지으며 "안녕하세요" 하고 조용히 인사했다.

그 목소리를 듣자 어디서 만난 사람인지 겨우 기억이 났다. 별것 아니었다. 단지 모리사키 서점에서 몇 번 얼굴을 마주쳤을 뿐이었다. 서점에는 사부 씨를 포함해 개성 강한 단골손님이 주로 왔기 때문에 그처럼 한발 뒤로 물러선 듯한 느낌의 사람은 아무래도 인상이 잘 남지 않았다. 그래서 바로 기억해 내지 못했던 것이다. 나는 뚫어져라 쳐다본 것이 부끄러워서 당황하며 답인사를 했다.

"오래간만이네요."

내가 까딱하고 고개를 숙이자, "아뇨, 뭐 새삼스럽게" 하고 눈을 가늘게 뜬 그가 웃었다. 느낌이 좋은, 보고 있으면 마음을 편하게 해주는 웃음이었다.

마침 그때 내 커피를 쟁반에 올려놓은 종업원이 테이블로 왔다. 나와 그의 자리 사이에 선 종업원은 어떻게 해야 좋을지 모르겠다는 듯 우물쭈물거렸다. 그러는 바람에 나도 덩달아 머뭇거렸다.

상황을 본 그가 조심스레 권했다.

"괜찮으시다면 이쪽으로 앉으시겠어요?"

내가 주저하며 "누구 기다리고 계신 거 아니에요?" 하고 묻자 그는 대답했다.

"아뇨, 특별히 그런 건 아니에요."

그 말을 들은 종업원은 "그럼 이쪽으로"라고 하며 얼른 커피를 그의 테이블에 놓았다.

그래서 나도 "그럼……. 그쪽에 앉을게요" 하면서 얼떨결에 그의 맞은편으로 자리를 옮겼다.

어쩌다가 이렇게 괜스러운 상황을 만들었지? 그는 배려하는 차원에서 나를 불러줬을 뿐 특별히 나와 얘기하고 싶진 않았을 것이다. 혼자만의 시간을 방해한 건 아닐까. 그렇게 생각하자 미안한 마음까지 들었다.

종업원은 내가 자리에 앉자 "맛있게 드세요" 하고 인사한 뒤 돌아갔다. 우리 둘은 종업원이 가는 걸 눈으로 좇다가 고개를 돌려 서로를 마주봤다.

침묵.

왠지 어색하네. 그렇게 생각하며 주춤주춤거리고 있자니 그가 후후후, 하며 갑자기 낮은 소리로 웃음을 터뜨렸다. 놀라서 쳐다보자 그는 "미안해요. 왠지 선이라도 보는 것 같아서"라고 말했다. 그의 웃는 얼굴을 보고 있자니 나도 저절로 웃음이 터져 나왔다.

"제대로 인사한 적이 없었죠."

그는 헛기침을 하면서 그렇게 말하고는 "와다입니다. 와다 아키라라고 해요" 하고 자기소개를 했다. 이 근처에 있는, 교과서와 교재를 주로 다루는 출판사에서 일하고 있다고 했다.

내가 이름을 밝히자 와다 씨는 "아, 맞아요, 다카코 씨. 거기 서점 주인이 늘 '다카코! 다카코!' 하고 큰 소리로 불렀던 게 생각나요" 하면서 몇 번이나 고개를 끄덕이며 웃었다.

나는 볼이 빨개져서 "그분은 제 외삼촌이에요" 하고 불쑥 중얼거렸다.

"그래요? 외삼촌이셨군요. 좋겠어요. 헌책방을 하는 친척이 있다니."

와다 씨는 진심으로 부러운 듯이 웅얼거렸다.

"이제 그 서점에는 안 계신가요?"

"네. 거기는 사정이 있어서 잠시 머물렀어요. 뭐랄까, 재충전 휴가 같은 거였죠."

"재충전 휴가? 그 서점에서요?"

"네."

와다 씨는 또 혼잣말을 하듯 말했다.

"좋겠네요, 재충전. 더구나 그걸 헌책방에서 하다니 참 호사스러운 일이었네요. 아, 정말 부럽다."

그렇게 말하고 그는 "나 같으면 절대로 안 나갔을 텐데", "영원히 충전만 계속했을 텐데" 하면서 계속 혼잣말처럼 중얼거렸다.

아무래도 내가 헌책방에서 살았다는 사실이 그의 마음을 당긴 모양이었다.

"참, 그 애인분은 잘 있나요? 가끔 함께 오셨죠."

문득 생각이 난 나는 계속 웅얼거리고 있는 그에게 물었다.

와다 씨는 서점에 올 때 혼자서 오는 경우가 대부분이었으나 때때로 한 여성과 같이 오곤 했다. 키가 큰 와다 씨와 잘 어울리는 늘씬한 여성이었다.

그 여성은 책에는 별로 흥미가 없는지 진지한 얼굴로 책을 음미하고 있는 와다 씨 옆에서 늘 심심하다는 표정을 지었다. 결국 기다리다 지친 그녀가 "아직이에요?" 하고 뾰로통하게 말하면 그는 "미안, 잠깐만" 하고 필사적으로 사과했다. 사부 씨는 "젊은 커플이 데이트하러 헌책방에 오다니 언어도단이군" 하고 표현했지만, 두 사람의 그런 모습을 보고 있으면 친밀함이 전해져 와 나도 모르게 미소를 짓곤 했다.

"아, 그런 때도 있었지요."

내 질문에 갑자기 와다 씨의 목소리 톤이 떨어졌다.

"그녀에게 차인 것 같아요."

그렇게 덧붙인 그는 하하, 하고 마른 소리로 웃더니 조금 먼 곳을 바라봤다.

"죄송해요!"

그 자리에서 엎드려 사죄하고 싶은 심정이 된 내가 서둘러 말했다.

"아니, 아니에요. 괜찮아요."

와다 씨는 그렇게 말하며 분위기를 되돌리려고 했지만 시선은 여전히 조금 먼 곳을 향하고 있었다.

첫 대면에 그만 지뢰를 밟아버린 꼴이 된 나는 마음이 초조해졌다. 뭔가 다른 화제 없나, 하고 필사적으로 이야깃거리를 찾고 있는데 마침 테이블에 놓인 책이 눈에 들어왔다.

"뭘 읽고 계셨어요?"

"아, 이건 『언덕의 중간』이라는 책이에요. 분명 모리사키 서점 100엔 코너에서 샀을 텐데……."

와다 씨는 책을 들어 올려 나에게 보여줬다. 조금 전까지의 화제에서 벗어나 내심 마음이 놓였다.

"그렇군요. 전 잘 모르는데. 좋은 작품이에요?"

"글쎄요. 말하자면 비극적인 연애소설인데요. 작가도 이 한 작품만 남기고 무명인 채로 끝났어요. 표현이 거칠고 여기저기 어설픈 데가 좀 많은 작품이지만 왠지 마음이 끌리는 부분이 있어서 벌써 다섯 번은 읽었죠."

그는 유화로 언덕길이 그려진 표지를 가만히 바라보며 말했다. 와다 씨의 눈에 책을 향한 애정이 듬뿍 서려 있는 것을 보니 나도 왠지 읽고 싶어졌다.

"다섯 번이나요? 나도 읽어보고 싶네요."

"으음, 그다지 권할 만하지는 않아요. 다카코 씨는 뭘 읽고 있었나요?"

내가 문고본을 들어 보여주자, "오, 이나가키 다루호인가요? 좋네요" 하고 눈을 빛냈다. 서점에 자주 드나든 사람이니 책에 대해서는 나보다 훨씬 잘 알 것이다.

"거기서 일하긴 했지만 책에 대해서는 거의 몰라요. 겨우 입구에 선 느낌이랄까."

내가 그렇게 말하자 "음?" 하고 와다 씨는 고개를 갸우뚱했다.

"뭐, 특별히 잘 알거나 모르는 것과는 관계없지 않을까요. 나도 뭘 대단하게 많이 알고 있진 않거든요. 그보다 한 권의 책과 만나 얼마만큼 마음이 움직였느냐가 중요한 게 아닐까요?"

"그런 걸까요. 하긴 삼촌도 늘 비슷한 말씀을 하곤 했어요."

"다카코 씨는 늘 계산대 안쪽에서 정신없이 책을 읽고 있더라고요. 도대체 뭘 읽고 있나, 하고 그만 나까지 흥미가 생길 정도였어요."

"네? 아아, 미안해요. 영 몹쓸 점원이었네요."

"아니, 그런 뜻으로 말한 게 아니에요."

와다 씨는 그렇게 말하고는 뭔가를 기억해 내려는 듯 나를 주시했다.

"다카코 씨는 그 서점의 풍경에 무척 잘 녹아들어 있어서, 그런 모습을 볼 때마다 그대로 가만히 놔두고 움직이게 하고 싶지 않은, 그런 기분이 들었어요. 번데기가 나비가 되는 순간을 숨을 죽인 채 꼼짝 않고 바라보는 느낌이었다고나 할까…… 그 모습이 강하게 남아 있었어요. 그래서 아까도 다카코 씨가 책을 들고 있는 것을 보고는 바로 누군지 기억났던 거예요. 아, 그 서점 분이구나, 하고."

모르는 사람에게 그런 식으로 보였다는 사실이 굉장히 멋쩍었다. 하지만 그 시절 나는 분명, 나비가 되기를 기다리는 번데기 같은 존재이긴 했다. 나는 책장을 넘기면서 계속 날아갈 기회를 기다리고 있었기에 와다 씨가 나를 보고 그렇게 느꼈다고 해도 이상하진 않았다. 잘 날아올랐는지에 대해서는 아직껏 자신이 없지만.

"만약 그 서점에 가지 않았다면 지금도 계속 멍청히 살고 있었을 거예요. 책 자체도 나에게 많은 것을 가르쳐주었지만 거기서 만난 사람들에게서도 많은 것을 배웠거든요. 덕분에 나 자신에게도 소중한 것이 있다는 것을 겨우 알게 된 것 같아요. 지금도 난 그 서점에서 지낸 날들을 잊을 수 없어요."

제대로 된 대화를 나누는 게 처음인 사이인데도 내 입에서는 그런 말이 기세 좋게 술술 흘러나왔다.

와다 씨는 내 말을 들으면서 그랬군요, 그랬군요, 하고 점잖은 얼굴로 고개를 끄덕였다.

"모르는 사이에 그런 드라마가 펼쳐지고 있었을 줄이야. 이거 참."

본인은 진지하게 한 말이겠지만, 그 말투가 묘하게 우스꽝스러웠다.

신기한 일이었다. 그와 얘기를 나누다보니 마치 옛날부터 알고 지내던 친구와 있는 듯해 몇 시간이라도 얘기할 수 있을 것 같았다. 와다 씨는 진지하게 귀를 기울여주고 있나 싶다가도, 불쑥 유머러스한 말을 던져서 나를 웃겼다.

그런 식으로 꽤 오랫동안 얘기에 빠져 있었다. 문득 벽시계를 보니 벌써 11시가 다 되어갔다.

"아, 이제 곧 문 닫을 시간이네요."

내가 깜짝 놀라 말하자 "벌써 그렇게 됐네요" 하고 와다 씨도 놀란 표정을 지었다.

와다 씨는 집이 이 근처라며, 문 닫을 때까지 남아 있겠다고 하길래 내가 먼저 일어서기로 했다.

"최근에는 밤이 되면 항상 여기에 와 있어요. 괜찮으시다면 또 얘기하죠."

헤어질 때 그는 그렇게 말했다. 싱긋 웃어주기도 했다.

가게 입구에서 계산을 하고 있는데 카운터 너머에서 사장님이 힐끗힐끗 쳐다보는 게 느껴졌다. 무슨 생각을 하고 있는지 알 것 같아서 노려보니까, "야, 바쁘다 바빠" 하고 들으라는 듯 혼잣말을 하면서 가게 안쪽으로 들어가 버렸다.

밖으로 나오자 창문 너머로 와다 씨가 턱을 괸 채 밖을 바라보고 있는 모습이 보였다. 이쪽을 보나 싶어서 인사 할까 고민했지만 아무래도 나를 보고 있지 않은 것 같았 다. 나는 발길을 돌려 역을 향해 걷기 시작했다. 왠지 발 걸음이 붕붕 떴다. 몸이 묘하게 가벼워진 느낌이었다.

이상하네. 나도 모르게 혼잣말을 했다.

밤하늘을 올려다보니 왼쪽 끝만 조금 기울어진 둥근 달이 떠 있었다.

～～～

"둘이 같이 여행 가자."

외숙모가 갑자기 그런 말을 꺼낸 건 그로부터 2주일쯤 지났을 때였다.

"오쿠다마에 무척 좋은 곳이 있어."

나는 조금 난처해하면서 네에, 하고 고개를 끄덕였다. 모모코 외숙모는 눈을 빛내며 말을 이었다.

"큰 산이 있는데, 그 산 정상에 유서 깊은 신사가 있어. 경치는 물론이고 공기도 상쾌하고 최고야 최고. 분위기 있는 산장에 머물면서 여유롭게 지내다 오자고. 여자끼리 어때, 괜찮지?"

외숙모와 단둘이 여행을 간다니 상상만 해도 불안했다. 엄청 휘둘릴 것 같은 기분이 들었다. 하지만 모모코 외숙모는 내 눈을 바라보면서 내 손을 꼭 쥔 채 "네, 갈게요"라는 대답이 나오기만을 기다리고 있었다.

서점에서 재회하고부터 같이 여행 가자는 소리를 들을 때까지의 2주 동안, 나는 꽤 자주 모리사키 서점을 찾았다. 물론 외삼촌에게 부탁을 받고 모모코 외숙모의 상태를 살피러 간 것이었다. 저녁에 일이 끝난 뒤에 들렀기에 외삼촌하고는 길이 엇갈리는 일이 많았지만 모모코 외숙모는 반드시 2층 방에 있었다.

내가 그렇게 찾아가면 외숙모는 무척 좋아했다. 그리고 늘 직접 만든 음식을 내주었다. 나에게는 너무 비좁아 요리할 마음이 그다지 들지 않았던 2층의 부엌에서 모모코 외숙모는 여러 가지 음식을 만들었다. 톳조림, 돼지고기두부찌개, 전갱이조림, 문어무조림, 꽁치소금구이, 무시래기와 순무와 유부가 들어간 된장국…….

어머니의 손맛에 굶주려 있던 터라 어느덧 나는 거의 밥을 먹을 목적으로 그곳을 드나들게 되었다.

점심에 일을 하다 전화하면 외숙모는 반드시 "오늘은 뭐 먹고 싶니?" 하고 마치 신혼부부가 서로에게 그러듯 물었다. 그때마다 나도 이게 먹고 싶어요, 저게 먹고 싶어요, 하고 좋을 대로 주문을 했다.

내가 재료비라도 드리고 싶다고 했더니 모모코 외숙모는 자신이 한턱내는 거라며 거절했다. 하지만 그 뒤로도 몇 번씩 비용을 부담하겠다고 고집을 부리자 결국 요리를 만드는 데 들어간 비용의 반을 내가 내게 되었다.

"외숙모가 만드는 음식은 다 맛있어요."

나는 매번 밥상 위에 놓인 음식을 정신없이 먹으면서 진심으로 그렇게 말했다.

"다카코는 밥을 맛있게 먹는구나."

모모코 외숙모는 그렇게 말하며 내가 먹은 것보다 배는 되는 양을 먹었다. 작은 몸 어디에 그렇게 많은 음식이 들어가는지 신기할 따름이었다.

"글쎄요, 맛있으니 맛있게 먹지요."

단무지를 아작아작 씹으며 내가 힘차게 말했다.

"너는 음식은 안 만들어 먹니?"

"해봤자 파스타 정도고, 이런 건 그다지요."

"그렇게 살다가 좋아하는 사람이라도 생기면 곤란해질 텐데."

"그런가요?"

확실히 나는 애인에게 음식을 만들어준 적이 별로 없었다. 왠지 멋쩍어서 여태껏 그런 상황을 기피해 왔다. 뭐, 연애 경험 자체가 별로 없긴 하지만.

"남자란 단순해. 음식만으로도 얼마든지 함락시킬 수 있어."

모모코 외숙모가 깔깔깔 웃고는 가르쳐줄 테니까 배워놓으라고 했지만, 나는 음식으로 누군가의 마음을 사로잡는다는 말이 확 다가오지 않았다. 하지만 내가 음식 때문에 외숙모에게 함락당한 건 확실했다.

물론 나도 외삼촌의 부탁을 완전히 잊어버린 건 아니었다. 그동안 이런저런 유도신문을 해보았지만 모모코 외숙모는 늘 요리조리 피해 갔다. 아예 진지하게 물어봐도, "글쎄, 어땠더라" 하며 미꾸라지처럼 도망가 버렸다. 게다가 말에 맥락이 없는 사람이라 그러는 사이에 자꾸자꾸 얘기가 빗나갔다. 그러다가 눈앞에 요리가 나오면 나는 거기에 온통 정신이 팔려 물어보는 것 자체를 잊어버렸다. 매번 그런 식이라서 아무런 진전이 없었다.

하지만 외숙모에 대해서 알게 된 점이 몇 가지는 있었다(모모코 외숙모는 술을 마시면 아주 조금 입이 가벼워지는 경향이 있어서 몇 번쯤 술을 권해봤다).

일찍이 부모님을 여의고 니가타의 고모 부부에게 신세를 졌다는 것, 중학교 졸업과 동시에 작은 공장에서 일하기 시작했다는 것, 그 후 스물한 살에 혼자 도쿄로 나와 전도유망한 젊은 카메라맨과 사랑에 빠졌다는 것("그거, 정말이에요?" 하고 나도 모르게 물어보았다) 등등.

모모코 외숙모가 한때 파리에 머물렀던 건, 도쿄에서 만난 그 카메라맨 애인이 업무차 그리로 갔을 때 쫓아갔기 때문이라고 했다. 더구나 상대의 양해도 구하지 않고 멋대로 쫓아갔다고 하니. 그 대담함이 외숙모다웠다.

"나도 그때는 젊었거든! 세상물정 모르는 어린 여자애였어…… 머릿속에 그 사람에 대한 생각 말고는 정말로 아무것도 없었어. 하지만 나중에 그에게는 부인과 아이가 있다는 사실을 알게 되었지 뭐야. 그래서 끝난 거야. 아니, 내가 그토록 간절히 바라왔던 가족이 다른 가족을 깨지 않고는 손에 넣을 수 없다니. 그건 너무하잖아……."

모모코 외숙모는 시선을 먼 곳에 두고서 말했다.

결국 미래를 약속할 수 없던 사랑을 잃고 상심에 잠겨 있던 때에 사토루 삼촌과 우연히 마주쳤다고 했다. 처음에는 왠지 내버려둘 수 없어서 이것저것 보살펴주었는데, 어느새 사랑하는 사이가 되어 있었다고 한다.

"처음 듣는 얘기예요."

두 사람에게 그런 역사가 있었구나, 하고 나는 감탄했다. 모모코 외숙모는 어깨를 으쓱하며 말했다.

"사토루는 내 과거를 질투하고 있어. 그래서 그 얘기는 별로 하고 싶어 하지 않는 거야."

한편 내가 왜 그렇게 자주 찾아오는지 그 뒷사정에 대

해서도 외숙모는 환하게 파악하고 있었다.

밥상을 가운데 두고 마주 앉는 것이 우리들의 루틴이 된 어느 날 밤. 모모코 외숙모는 사케를 찔끔찔끔 마시다가 빙글빙글 웃더니 느닷없이 말을 던졌다.

"다카코, 사토루한테 부탁받은 거지?"

"네? 뭐가요?"

나는 내심 당황했지만 얼렁뚱땅 넘기려 했다. 하지만 전혀 소용없었다. 모모코 외숙모는 아주 재미있다는 얼굴로 내 뺨을 꼬집었다.

"그이가 무슨 생각을 하는지 나는 다 알아. 그리고 다카코 너, 그동안 나를 대하는 게 아주 어색했잖아."

마구잡이로 뺨을 꼬집히는 동안 가슴이 쿵 내려앉았다. 모든 걸 다 들켜버린 것만 같았다. 모모코 외숙모의 말대로 나는 외숙모가 어색했다. 결코 싫지는 않지만, 그럼 좋으냐고 누가 묻는다면 대답이 궁해지는, 그런 느낌. 모모코 외숙모가 해주는 음식이라면 무척 좋아한다고 즉시 답할 수 있지만.

외숙모는 나로서는 파악 불가능한 사람이다. 그게 내 솔직한 심정이었다. 사토루 삼촌도 비슷하게 속내를 알기 어렵긴 하지만, 외숙모에게서는 그것과는 또다른, 아무리 얘기를 해도 전혀 거리감이 줄어들지 않는 느낌이 들었다. 서로 맞은편 기슭에 서서 얘기하고 있는 듯한 거리감이 때때로 느껴지곤 했다.

대답하지 못하고 머뭇거리자 모모코 외숙모가 호쾌하게 웃었다.

"괜찮아, 어쨌든 난 다카코가 좋으니까. 그런 순진한 데가, 거짓말을 못 하는 면이 귀여워. 나도 그렇게 아름다운 영혼을 갖고 있다면 얼마나 좋을까."

"아름다운 영혼 같은 거 없어요."

놀림당하고 있나 싶어서 울컥했다. 하지만 모모코 외숙모는 "정말이야" 하고 왠지 쓸쓸한 목소리를 냈다.

"나는 거짓말투성이인걸."

그렇게 말하고 아주 잠깐 동안 고개를 숙였다.

그때 외숙모의 얼굴에 한순간 비친 허무한 표정을 나는 확실히 보았다. 처음으로 모모코 외숙모의 마음에 가 닿은 기분이 들었다. 정말로 한순간의 일이었지만.

"있지, 함께 여행 가지 않을래?"

모모코 외숙모는 갑자기 얼굴을 환히 빛내며 평소의

어조로 돌아와 제안했다.

"아직 단풍 구경을 하기에는 이르지만 그만큼 사람이 적으니 여유롭게 다녀올 수 있어. 일 바쁘니?"

그렇게 마구 떠들어대며 나를 압박했다.

"아뇨, 그런 점에서는 의외로 융통성이 있는 회사긴 한데……."

"그럼, 괜찮지?"

"네, 뭐……."

처음에는 어떻게든 거절하려고 했지만, 왠지 조금 전 외숙모의 얼굴 위로 언뜻 스쳐간 표정에 마음이 쓰여서 "그럼 가죠 뭐" 하고 고개를 끄덕이고 말았다.

잘 표현할 수는 없지만 난 그때 뭔가, 걱정으로 가슴이 두근거리는 것과는 조금 다른 감정을 느꼈다. 그렇게 과장된 감정이 아니라 말로는 표현할 수 없는 뭔가를, 그냥 지나쳐 버리면 안 되는 사인 같은 것을, 모모코 외숙모의 표정에서 확실하게 느꼈다.

와다 씨하고는 외숙모와의 여행 얘기가 나오기 전에 스보루에서 두 번 더 만났다. 두 번 다 모모코 외숙모를 만났다 돌아가는 길에 불쑥 들렀는데 역시나 그 자리에 앉아 있었다. 자주 온다더니 정말이었다. 그는 처음에 봤을 때 앉아 있던 그 창가 자리에서 똑같이 턱을 괸 자세로 밖을 바라보고 있었다.

와다 씨를 만나고 싶은 건지 아닌지는 스스로도 잘 알 수 없었다. 특별히 기대를 안고 그곳에 갔던 건 아니라고 생각한다. 하지만 가게에 들어가 와다 씨의 뒷모습이 눈에 들어오면 "아" 하는 소리가 나왔다.

와다 씨는 등 뒤에서 "안녕하세요" 하고 말을 걸 때마다 꿈에서 깬 것처럼 깜짝 놀라 어깨를 떨었다. 그리고 뭔가 확인하듯 나를 가만히 바라보고 나서, "안녕하세요" 하고 미소를 지었다.

앉으라고 해서 맞은편에 앉아 또 얘기를 나눴다. 이렇다 할 것 없는 잡담뿐이었지만 얘기를 나누다보면 이상하게도 마음이 편해졌다. 한번은 가게가 문을 닫기 전에 자리에서 일어나 고쿄* 쪽까지 잠시간 함께 산책도 했다.

"그럼 또 봐요."

* 일본 왕이 사는 궁궐.

"또 만나요."

연락처도 모르기 때문에 또 만나리라는 보증 같은 건 없었지만 우리는 그렇게 말하며 헤어졌다.

그 다음번에 스보루를 방문했을 때에는 와다 씨가 없었다. 별로 기대하고 있지도 않았는데 왠지 헛물을 켠 것 같은, 조금은 허무한 기분이 들었다. 하지만 늘 있는 게 더 이상한 거라며 나를 달랬다.

그날 밤에 나는 카운터석에 앉아서 아무렇지도 않은 척 사장님에게 와다 씨에 대해서 물어봤다. 사장님도 내가 그와 얘기를 나누는 모습을 봤었기 때문에 와다 씨를 기억하고 아, 하고 고개를 끄덕였다.

"그 좀 말없고 어두워 보이는 손님 말이지. 최근에는 밤에 자주 와. 전에도 왔었는지는 잘 생각이 안 나지만."

"말없고 어두운 게 아니라 조심스러운 거예요."

나는 사장님의 말을 부드럽게 정정했다.

"이거 실례. 하지만 늘 오래 있다 가는 것 같던데."

"다카코 씨를 만나러 오는 거 아니었어요?"

다카노 군이 옆에서 엉뚱한 소리를 했다.

"멀리서 보고 있으면 왠지 두 사람, 잘 어울린다는 느낌이 들었는데."

나는 입을 딱 벌린 채 한동안 그를 쳐다본 뒤에 정색을
하며 부정했다.

"무슨 소리를 하는 거야?"

"어, 그, 그렇게 화내지 말아요."

"넌 왜 괜히 쓸데없는 소리를 하고 그러냐!"

다카노 군은 사장님에게 한 마디 듣고 "죄송합니다아"
하고 외치며 도망쳤다.

커피 잔을 입으로 가져가며 그럴 리 없잖아, 하고 마음
속으로 다시 한번 다카노 군의 말을 지웠다.

하지만 만약, 만약에 사실이라면?

와다 씨는 멋진 사람이다. 싹싹하고 예의 바르고 유머
도 있다. 책에 대해서도 잘 안다. 자기 자랑을 줄줄 늘어
놓지도 않고, 천박한 웃음소리를 내지도 않는다. 분명 그
의 인간성에 끌리는 여성도 많이 있겠지.

그럼, 난?

그런 생각을 하고 있는데 또다시 이쪽을 지긋이 바라
보는 사장님의 시선이 느껴졌다.

"사장님, 사람을 그렇게 관찰하는 습관은 고치는 게 좋

아요. 여자들이 특히 싫어하니까요."

내가 쌀쌀맞게 말하자 사장님은 핫핫핫, 소리 내어 웃고는 다카노 군을 뒤따르듯 주방으로 얼른 사라졌다.

왠지 기분이 가라앉아 나는 와다 씨가 얘기했던 『언덕의 중간』을 읽어보기로 했다.

모모코 외숙모에게 들렀을 때 이제 막 문을 닫으려는 모리사키 서점의 서가에서 책이 우연히 눈에 들어왔다. 내가 책을 손에 쥐자 외삼촌은 "그거 별 내용 없어" 하고 옆에서 말했지만 나는 "됐어요" 하며 100엔을 외삼촌에게 건네주고 서점을 나왔다.

200쪽 정도의 짧은 이야기라서 그날 밤 스보루에서 그리고 집에 돌아가 자기 전까지 모두 읽어버렸다.

그건 와다 씨가 말한 대로 슬픈 사랑 이야기였다.

전쟁이 끝난 폐허에서 다시 일어서는 중인 도쿄. 소설의 주인공인 안 팔리는 작가 마쓰고로는, 언덕 중간에 있는 모던한 카페에서 일하는 아름다운 아가씨 우키요를 보고 첫눈에 반한다. 처음에는 상대도 되지 못하던 마쓰고로였지만 매일매일 카페에 다니며 마음을 전한 끝에 결국 우키요와 맺어져 행복한 나날을 보내게 된다.

그러나 행복은 계속되지 않았다. 우키요가 아버지의 빚 때문에 자산가의 아들과 억지로 약혼을 하게 되었기 때문이다. 앞날을 책임질 수 없는 마쓰고로로서는 그것을 막을 방법이 없었다.

마쓰고로는 절망과 고독 속에 집념을 불태우며 소설을 써 내려간다. 성공한 작가로 세상에 이름이 알려지면 우키요를 되찾을 수 있을지 모른다는 일말의 희망에만 의지하면서. 드디어 서른 중반을 넘겼을 무렵 마쓰고로는 바라던 바를 이루어 작가로 대성한다. 하지만 그때 그가 알게 된 것은 우키요가 병을 얻어 이미 세상을 떠났다는 잔혹한 사실이었다.

그 이후로 마쓰고로는 술과 여자 그리고 마약에 빠진 나날을 보낸다. 무절제한 삶 탓에 몸은 이미 엉망이 되었지만 마쓰고로는 한순간도 우키요를 잊지 못해 매일 두 사람이 처음 만난 카페로 간다.

그러던 어느 날 밤, 카페에서 집으로 돌아가는 길에 각혈을 한 마쓰고로는 그대로 쓰러지고 만다. 의식이 멀어져 가는 순간에도 그의 가슴에 있는 건 오직 우키요의 모습뿐이다……

오로지 한 사람만을 향한 마쓰고로의 안타까운 사랑이 가슴을 흔들어서 책을 다 읽은 순간 뭉클해졌다. 눈물이 한 방울 두 방울 떨어지는 바람에 종이에 작은 얼룩이 생겼다.

와다 씨는 꽤 로맨틱한 사람이구나. 나는 이불 속에서 그렇게 생각하며 잠에 빠졌다.

그날 밤 꿈에서 나는 이야기에 나오는 카페의 여주인이 되었다. 그리고 우키요의 등을 쓰다듬어 주면서 마쓰고로와 함께 살라고 열심히 설득했다.

~~~

"모모코랑 여행을 간다고?"

여행 전날 밤. 혼자 회사에 남아 일하고 있는데 외삼촌에게서 전화가 걸려 왔다. 방금 모모코 외숙모에게서 여행 얘기를 들었다는 것이다. 속마음을 좀 살펴봐 달라고 부탁은 했지만 그렇게까지는 안 해도 돼, 하고 외삼촌은 곤혹스러운 목소리로 말했다.

"뭐, 어쩌다 보니 얘기가 그렇게 흘러가 버렸어요."

제대로 설명할 수 있을 것 같지 않아서 나는 모호하게 대답했다.

"모모코가 억지로 밀어붙여서 그럴 수밖에 없었던 거 아니야?"

외삼촌은 걱정스러운 목소리로 말했다.

"딱히 그런 건 아니에요."

괜찮을까 계속 걱정을 하는 외삼촌에게 나는 선물 사올게요, 하고 밝게 말했다.

"다카코 네가 괜찮다면 다행이지만……."

외삼촌은 떨떠름하게 물러섰다.

"근데 말이지. 사부 씨가 몇 번인가 서점에 와서 모모코를 만나게 해달라고 으르렁대는데 대체 무슨 일이야?"

스보루에서 있었던 일을 기억해낸 나는 소리 내어 웃었다.

"모모코 외숙모한테 한마디 하고 싶으신 모양이에요."

"뭐?"

외삼촌이 전화에 대고 어이없다는 식으로 말했다.

"그래봤자 모모코한테 구워삶아져서, 게다가 마구 비행기까지 태워져서 헬렐레하며 집에 돌아갈 텐데 뭐. 모

167

모코는 사부 씨 같은 사람을 다루는 데 능숙하니까."

내 눈에도 그런 광경이 선했다.

"역시 그렇게 되겠죠?"

"그럼. 하지만 모모코는 낮에 나가는 일이 많아서 사부 씨가 와도 만나질 못하지. 그러니까 사부 씨가 화만 내고 가는 거야."

"흐음."

"그나저나 여행은 어디로 가냐고 슬쩍 물어봐도 대답도 안 하더라고."

"어린애가 아니잖아요."

이번에는 내가 어이없어져서 말했다.

"집으로 돌아올 테니까 걱정 마세요."

"뭐, 그렇긴 하지만……. 어쨌든 여행 같은 거 싫으면 안 가도 돼. 왜 너한테 같이 가자고 했는지 참……."

외삼촌은 그렇게 우물우물 중얼거리고 나서야 겨우 전화를 끊었다.

그날 밤 일을 마치고 나는 스보루에 또 얼굴을 내밀었다.

회사에서 나오니 벌써 9시가 지나 있었다. 곧장 집으로

가기엔 왠지 허전해서 훌쩍 들른 것이었다. 아직 가게는 혼잡했고, 와다 씨가 늘 앉는 창가 자리에는 여자 두 사람이 자리를 차지하고 앉아 있었다.

빈 테이블에 앉아 여행 갈 때 가져가려고 산 『우정』이라는 책을 꺼내어 천천히 읽었다. 하지만 좀처럼 집중할 수가 없었다. 그럴 생각은 아니었는데도 손님이 올 때마다 혹시 와다 씨일까 싶어 나도 모르게 문 쪽으로 시선이 향했다.

시간을 들여 겨우 20쪽 정도 읽었을 때 정말로 와다 씨가 가게에 나타났다. 얼른 고개를 까딱 숙여 인사하자 와다 씨는 내가 앉은 자리까지 천천히 다가왔다. 왠지 평소보다 생기가 없어 보였다.

"일이 많은가 봐요?"

나는 그가 자리에 앉기를 기다리다 물었다.

"아뇨, 오히려 한가해요."

와다 씨는 웃으며 대답했지만 역시 피곤한 표정이었다.

잠시 침묵이 흘렀다. 예전에는 말없이 있어도 아무렇지 않았는데 지금은 왠지 짓눌리는 느낌이 들었다. 나는 다카노 군이 했던 말이 생각나 더욱 말문이 막혔다.

"아, 참."

화젯거리를 생각해 낸 나는 생글생글 웃으며 말했다.

"『언덕의 중간』 읽었어요."

하지만 와다 씨는 "아, 그래요" 하며 시큰둥한 목소리로 대꾸할 뿐이었다. 기뻐하며 얘기를 들어줄 거라고 생각했던 나는 기대가 어긋나 풀이 죽었다.

"꽤 진부한 내용이죠."

와다 씨는 빈정거리는 말투로 말했다.

"그럴 리가요. 난 좋았어요, 그 작품."

"하지만 사랑한 사람을 죽을 때까지 계속 기다리는 일은 현실에서는 있을 수 없어요."

"그럴……까요."

"적어도 내 경우엔 그래요. 하긴, 상대가 확실하게 말하더군요. '기분 나빠'라고요."

"네?"

무슨 말인지 이해하지 못한 내가 되물었다. 그렇지만 와다 씨는 내 물음에 답할 생각이 없는지 더듬더듬 자신의 얘기를 이어갔다.

"처음 둘이 만났을 때 여기 데리고 왔었어요. 이 카페,

그녀도 마음에 들어 했었고. 그래서 그 뒤에도 몇 번쯤 함께 온 적이 있어요. 그래서 여기서 계속 기다리겠다고 했어요. 마음이 바뀌면 여기로 다시 와주면 좋겠다고. 그런데 그저께 '기분 나쁘니까 이제 그만해'라고 확실하게 메시지로 의사표시를 하더군요."

거기까지 듣고 나서야 그가 무슨 말을 하고 있는지 겨우 깨달았다.

뭐야, 그런 거였어. 그런 거라면 빨리 말해주면 좋았을 텐데. 하긴, 와다 씨로서는 나한테 그런 얘기를 해줘야 할 이유가 없었겠지.

그는 계속 기다렸던 것이다. 서점에 함께 왔던 아름다운 여인을. 마치 우키요를 기다렸던 마쓰고로 같지 않은가. 그래, 그래서 그 소설에 감정이입이 되어서 몇 번이나 읽고 또 읽었던 거야.

뭐야, 이게 뭐야.

나는 속으로 몇 번이나 되물었다. 특별히 슬픈 건 아니었다. 그가 내 앞에 앉아 있긴 하지만 나를 보고 있지는 않다는 걸 마음 한구석에서 계속 느끼고 있었다. 그런데도 이리저리 혼자서 쓸데없는 추측을 했던 내가 바보였구나, 하는 생각이 들었다.

신기하게도 말이 잘 통했다고? 옛날부터 아는 사람 같
았다고? 그게 아니었다. 와다 씨가 친절하게 귀를 기울여
주니까 나는 그의 호의에 기대어, 그냥 편한 대로 얘기하
며 즐거워했던 것뿐이다. 거기까지 생각이 미치자 그에게
미안해졌다.

"내가 쓸데없는 소리를 했군요. 미안합니다."

꼼짝하지 않은 채 아래를 내려다보고 있는 내가 신경
쓰였는지 와다 씨는 그렇게 말했다.

나는 휙휙 고개를 저었다.

"미안해요, 저야말로."

"네? 왜 다카코 씨가 사과를 해요?"

와다 씨는 깜짝 놀라 눈을 둥그렇게 떴다.

"그냥 왠지."

"네……."

실은 좀 더 길게 사과하고 싶었지만 이상하게 보일까
봐 꾹 참았다. 화제를 바꿔야겠어. 그렇게 생각했지만 동
시에 묻고 싶은 마음도 뭉클뭉클 솟아올라 나도 모르게
말했다.

"그 사람…… 좋아했죠?"

이런. 나는 곧바로 후회했다. 와다 씨는 쿡 하고 작게 웃었다.

"내가 어린애 같았다는 생각이 들어서 나 자신이 싫어져요. 하지만 깨달은 것도 있어요. 나와 그녀는 처음부터 전혀 통하는 데가 없었어요. 그러니 잘될 리가 없었죠. 그런데도 나는 왠지 오기가 생겼어요. 그녀를 좋아하긴 했지만 역시 이건 아니니까 그만두자, 하는 생각은 아무래도 할 수 없었어요. 옛날부터 나 자신을 어딘가 차가운 인간이라고 생각했는데, 의외로 뜨거운 면도 있다는 사실을 알게 되었죠. 그건 좀 놀라웠어요."

이럴 땐 그런 분석 같은 거 안 해도 되는데. 역시 조금 별난 사람이다.

"저…… 와다 씨는 무척 좋은 사람이라고 생각해요."

와다 씨가 다시 기운을 차렸으면 싶어서 그렇게 말했다. 좀 더 멋진 말이 떠올랐다면 좋았을 텐데, 그 자리에서는 다른 말이 떠오르지 않았다. 하지만 그건 진심이었다. 와다 씨는 무척 좋은 사람이다.

"고마워요. 그래요, 난 좋은 사람이긴 해요. 그건 틀림

없어요. 하지만 그 사람은 나보고 '좋은 사람이지만 재미가 없어'라고 말하더라고요."

와다 씨는 그렇게 말하면서 쿡쿡 웃었다.

"그건 좀 말이 심한 거 아니에요?"

나는 상대 여자에게 조금 화가 났다. 그 여자는 와다 씨의 좋은 점을 전혀 이해하지 못했다.

"아니, 나 스스로도 그렇게 생각하는걸요. 제법 정곡을 찌르는 말이구나, 하고 감탄했어요. 이제 재미도 없는 이런 얘기는 그만합시다."

와다 씨는 그렇게 말하더니 "요즘은 어떻게 지내요?" 하고 화제를 바꿔 나한테 질문했다. 하지만 나는 가슴이 답답해서 말을 제대로 할 수가 없었다.

"죄송해요. 내일 일찍 일어나야 해서."

나는 좀처럼 활기를 띠지 못하는 대화를 조금 더 이어가다가 그냥 그렇게 말하고는 자리에서 일어섰다.

"그러……세요?"

와다 씨는 조금 멍한 얼굴이었다.

"어라, 다카코 씨. 집에 가요?"

가게를 나가려는데 사장님이 문 앞에서 말을 걸었다.

"네."

나는 그 말만 하고 밖으로 나왔다.

아, 내 어두운 얼굴, 사장님이 알아차렸겠지. 당분간 스보루에는 가고 싶지 않아. 걷는 동안 마음이 계속 우울해져서 한숨이 서른 번 정도 나왔다.

읽던 책을 테이블 위에 놓고 왔다는 걸 알아차린 건 집에 가는 전철 안에서였다.

~~~~~

모모코 외숙모와는 신주쿠역에서 10시에 만나기로 했다. 하늘은 흐렸지만 텔레비전의 일기예보에서는 오후부터 갠다고 했다. 모처럼 유급휴가까지 내서 가는 여행이니만큼 어젯밤의 어두운 기분을 끌어안고 가지는 않겠다고 마음먹고서 집을 나섰다.

사람들로 몹시 붐비는 신주쿠역 남쪽 입구에서, 모모코 외숙모는 여행을 떠나는 사람의 분위기가 전혀 느껴지지 않는(내 기준에) 가벼운 옷차림으로 나타났다. 아이들용이라고 해야 할 작은 등산 배낭 하나를 등에 메고 있을 뿐이었다. 뒤로 묶은 머리에 상의는 녹색 파카, 하의는 검은 트레이닝복이었다. 키도 큰 편이 아니라서 멀리서 보니 소풍 가는 소녀 같아 보였다.

"어머나, 산에 갈 사람의 차림새가 아닌데."

모모코 외숙모는 내 복장을 보자마자 미간에 주름을 잡았다. 나는 오래간만에 가는 여행이라서 부러 요전번 세일할 때 산 원피스를 입고 왔다.

"하지만 신발은 제대로 된 운동화를 신었어요."

나는 변명하듯 말했다.

"게다가 가방에는 등산용 옷도 들어 있고요."

"그렇게 많은 짐은 필요 없어."

모모코 외숙모의 말을 듣고 나는 풀이 죽었다. 혼자만 엄청난 여행을 기대한 것 같아 부끄러웠다. 그런 내 마음을 읽었는지 모모코 외숙모는 "뭐, 젊다는 건 그만큼 많은 짐을 끌어안고 간다는 거니까"라고 달래주었다.

"나이를 먹으면 여행 가방까지 가벼워지나요?"

나는 반격해 봤다. 하지만 모모코 외숙모는 "애는 무슨 그런 말을. 나는 그저 귀찮은 게 싫을 뿐이야" 하고 딱 잘라 말했다. 그렇구나. 나도 이해했다.

"어쨌든 오늘부터 사흘 동안 잘 부탁해."

모모코 외숙모는 자세를 바로잡더니 연극 배우처럼 고개를 깊게 숙여 절을 했다.

"저야말로."

나도 맞절을 했다.

신주쿠에서 주오선을 타고 다치카와역에서 오우메선으로 갈아탔다. 도쿄에 온 지 그럭저럭 5년 가까이 됐지만 이쪽 방면으로 가는 건 처음이었다.

오우메선 열차는 한산했다. 우리 맞은편에는 늦잠을 자고 나온 듯한, 조금 불량해 보이는 고등학생 남자아이가 뚱한 얼굴을 하고 앉아 계속 다리를 떨어댔다. 세상 모든 인간에게 화가 난 걸까.

자리에 앉은 모모코 외숙모는 콧노래를 흥흥 부르며 창밖을 내다봤다. 나는 전날 밤 이불 속에서 이것저것 쓸데없는 생각을 하다가 새벽까지 잠을 못 잔 탓에 깜빡 잠이 들어버렸다.

얼마 후 눈을 뜨자 불량해 보이던 남학생은 벌써 내리고 없었다. 분명 화를 내면서 학교에 갔을 테지.

창밖을 바라보니 어느새 구름은 사라지고 푸른 하늘이

펼쳐져 있었다. 민가는 거의 보이지 않았다. 논과 밭만으로 이어지는 풍경 속에서 저 멀리 늘어선 산들이 점점 눈앞으로 다가왔다.

"굉장해요."

내가 눈을 문지르며 말하자 모모코 외숙모는 "이건 약과야" 하고 빙긋 웃었다.

우리는 미타케역이라는 작은 역에서 내렸다. 눈앞에는 푸른 하늘을 배경으로 산봉우리가 늘어서 있었는데 그중에서도 가장 거대한 산이 중앙에 솟아 있었다. 웬만해서는 꿈쩍도 하지 않을 것 같은, 묵직하니 웅장한 자태의 산이었다. 아직 단풍이 시작되지 않아서 산은 짙은 초록에 싸여 있었고, 그 위에 우리의 목적지인 산장이 있었다.

"도심에서 아주 조금밖에 나오지 않았는데, 왠지 굉장히 멀리 온 느낌이 들어요."

나는 눈앞의 경치를 보며 중얼거렸다. 심호흡을 하니 신선하고 맑은 공기가 폐에 가득 찼다. 이렇게나 풍요로운 자연이 도쿄 안에 남아 있다니 감동이었다.

"거꾸로, 도심이 그런 빌딩 숲이 되어버린 것도 겨우 수십 년밖에 되지 않았을 거야."

외숙모의 말을 들으니 구니키다 돗포가 쓴 「무사시노」라는 단편이 생각났다. 돗포가 살던 메이지시대에는 무사시노에도 아직 사람들을 황홀케 하는 자연이 펼쳐져 있었다. 그렇게 생각하니 시간의 빠른 흐름에 현기증이 났다.

작은 역 앞에 있는, 그만큼 작은 버스 정류장에는 함께 열차를 타고 온 듯한 두 팀의 관광객이 의자에 앉아서 버스를 기다리고 있었다. 둘 다 중년의 남녀가 섞여 있는 그룹이었다.

어떤 이유로 모여든 사람들인지는 수수께끼였다. 우리가 가볍게 고개 숙여 인사하고 옆에 앉으니 가장 나이가 많아 보이는 할머니가 생글생글 웃으며 말을 걸었다.

"어머, 모녀가 함께 여행하세요?"

"네."

모모코 외숙모도 생글생글 웃어 보였다. 모녀 아니잖아, 하고 생각했지만 설명하는 게 귀찮아서 나도 '모녀 맞아요' 하는 얼굴로 고개를 끄덕였다.

드디어 버스를 타고 산 중턱에 있는 케이블카 승차장을 향해 국도를 달려갔다. 버스에 타고 있던 초등학생 남자아이 셋이 말을 걸어왔다. 관광객을 대하는 게 익숙한 아이들이었다. 모모코 외숙모는 아이를 좋아하는 듯 눈을 가늘게 뜨고 다정하게 대해주었다.

"몇 학년이니?" 물어보니 "1학년!" 하고 아이들이 일제히 힘차게 대답했다. 세 아이네 집 모두 버스 종점에서 산장을 운영해서, 학교에 가려면 매일 산을 내려가야 한다고 했다.

"힘들겠구나" 하고 내가 말하자 관광객에게 늘 같은 말을 들어선지 아이들은 "별로요" 하고 대답했다. 새삼스럽다는 느낌을 풍기는, 어른스러운 대답이었다.

"여기, 여기."

아이들에게 이끌려 버스에서 내린 뒤 언덕길을 따라 케이블카 승차장이 있는 곳 옆까지 올라갔다. 아이들은 맨 앞에서 달려갔는데, 맨 뒤에서 걷는 나는 벌써부터 조금 숨이 가빴다. 모모코 외숙모가 나를 돌아보고 놀렸다.

"이런. 케이블카 내려서부터가 진짠데, 케이블카를 타기도 전에 벌써 지치면 어떡하니."

아이들이 꺄아 하고 웃었다. "얘들아, 누나가 영 못 따라오지? 도시에서 자라면 저렇다니까" 하면서 모모코 외숙모도 아이들과 한편이 되어 웃었다.

"전 규슈 시골 출신인데요."

일행의 뒤를 따라가며 반론을 해봤지만 아무도 들어주지 않았다. 모모코 외숙모는 어쩜 저렇게 기운이 넘칠까. 사람들이 우리 둘을 모녀 사이로 착각할 정도로 나이를 먹었는데. 나는 가벼운 옷차림으로 오지 않은 걸 진심으로 후회했다.

케이블카 승차장에 도착하자 모모코 외숙모가 고맙게도 "자, 여기" 하며 선물 가게에서 사온 페트병 녹차를 건네주기에 꿀꺽꿀꺽 마셨다.

케이블카는 맑은 계곡의 흐름을 따라가듯이 산 위로 올라가 산 정상 바로 아래에 우리를 내려줬다. 그곳에서 아이들과 헤어진 우리는 계속해서 타박타박 걸어갔다. 한 시간 전에 산기슭에 있었다는 것이 거짓말 같았다. 우리는 이미 해발 1000미터 가까이 올라와 있었다.

정상으로 이어지는 좁은 길옆에 산장으로 안내하는 안내판들이 주르륵 늘어서 있었다. 우리가 머물 산장은 맨 끝이라서 여기서 40분은 가야 해, 하고 모모코 외숙모가 별것 아니라는 듯이 말했다.

"네에?"

내가 툴툴거리자 외숙모는 "하지만 경치는 최고야" 하면서 내 뺨을 꼬집었다.

언덕길과 계단의 연속. 길가에는 작은 상점과 마을회관이 하나씩 보였을 뿐 나머지는 온통 민가와 산장이었다. 산 정상 쪽에서 내려오는 사람들이 스쳐 지나갈 때마다 "안녕하세요" 하고 밝게 인사하기에 나와 모모코 외숙모도 "안녕하세요" 하며 힘차게 대답했다.

중년을 지난 사람들이 압도적으로 많았지만 젊은 커플이나 대학생으로 보이는 그룹도 몇 번쯤 지나쳐 갔다. 젊은 사람들 대부분이 나와 다름없는 평상복 차림이어서 조금 마음이 놓였다.

드디어 목적지인 숙소가 나타났을 때에는 숨이 완전히 턱까지 차 있었다. 모모코 외숙모도 조금은 힘들었는지 거친 숨을 내쉬며 "후유, 도착했다, 도착" 하고 수건으로 이마의 땀을 닦았다.

상당히 오래된 건물이었다. 민가와 여관을 합해놓은 것 같은 3층 목조 건물 뒤쪽에는 가파른 절벽이 있었다. 넓은 마당에 아무렇게나 놓인 경운기와 녹슨 자전거, 통

나무 같은 것들이 좋게 말해 목가적, 나쁘게 말하면 궁상
맞은 풍광을 조성했다. 하지만 그런 조촐한 여관에 모모
코 외숙모와 묵는다니, 왠지 색다르게 느껴져 기분이 좋
았다.

"실례합니다!"

모모코 외숙모는 현관문을 열고 큰 소리로 외쳤다. 잠
시 후에 복도를 쿵쿵쿵쿵 달려오는 발소리가 들리더니 젊
은 여자가 모습을 드러냈다. 헐거운 청바지에 오버핏의
트레이닝복 상의를 걸쳤다. 이제 스무 살이나 됐을까.

"어라, 모모코 아주머니 오셨네요."

외숙모를 본 그녀는 도저히 손님을 대하는 태도라고는
생각하기 어려운 허물없는 말투로 인사를 건네왔다.

"오래간만이야, 하루 짱. 잘 지냈어?"

모모코 외숙모도 친근하게 대답했다.

"그런데 이 사람은요? 모모코 아주머니 딸? 어라, 아주
머니한테 아이가 있었어요?"

"조카인 다카코입니다."

나는 모모코 외숙모가 또 모녀라느니 어쩌니 말하기
전에 서둘러 인사했다. 하루 짱이라는 여자는 말투가 좀

거칠긴 했지만 특별히 나쁜 뜻은 없어 보였다.

"흐응, 들어오세요."

상대방도 나에게 꾸벅 머리를 숙였다. 안에서 또 사람 발소리가 들리더니, 이번에는 요리복에 머릿수건을 두른 쉰 살쯤 되어 보이는 여자가 천천히 걸어왔다. 그녀는 얼굴에 선한 웃음을 지으며 말했다.

"아, 모모코 씨, 일찍 왔네요."

시원시원한 말투에 남을 돌보기를 좋아할 것 같은 느낌의 사람이었다.

"오래간만이에요, 주인아주머니."

모모코 외숙모는 요리복을 입은 여성을 향해 바른 자세로 고개를 숙였다.

"뭐예요. 모모코 아주머니, 다시 여기서 일해요?"

"아냐, 하루 짱. 모모코 씨는 오늘 손님으로 온 거야."

"어라, 그래요?"

그들이 주거니 받거니 하는 모습을 보며 내가 의아한 표정을 지었더니 외숙모가 귓속말로 알려줬다.

"사토루 곁을 떠나와서 한동안 여기 살면서 일했거든."

"어머, 그러셨어요?"

내가 놀라 소리를 지르자 모모코 외숙모는 "뭐, 그렇게 됐어" 하고 별것 아니라는 투로 대답했다.

주인아주머니가 방까지 안내해 주었다. 아직 2시밖에 안 된 탓에 우리가 오늘의 첫 손님이었다.

건물 안도 겉과 마찬가지로 어수선하게 널린 물건들로 어지러웠다. 통로 주변에는 빈 어항, 산처럼 쌓인 잡지, 낡은 텔레비전, 어쿠스틱 기타 등이 놓여 있었다. 현관 옆 주방도 슬쩍 들여다보니 역시 어지럽긴 마찬가지였다. 화장실, 세면장, 목욕탕은 모두 공용. 여관이라기보다는 민박집이라는 느낌이었다. 여름방학에는 분명 대학 동아리의 단체 손님들로 가득 차겠지. 다른 산장도 그런지는 알수 없지만 어쨌든 여기 있는 모든 것이 어수선했다.

주인아주머니는 우리에게 가장 전망이 좋은 방을 주겠다며 맨 안쪽 모퉁이에 있는 방으로 안내했다. 다다미가 열 장 깔린, 두 사람이 묵기에 딱 좋은 공간이었다. 창밖은 울창한 초록으로 뒤덮여 있었고 나무들이 바람에 여유롭게 흔들렸다. 개똥지빠귀일까. 때때로 쿠쿠, 하는 새 울음소리가 울렸다. 멀리 산등성이에는 안개가 끼어 있었고 조개구름이 엷은 푸른빛의 하늘을 천천히 흘러갔다. 그걸 가만히 바라보고 있자니 시간의 흐름을 느끼는 감각이 사라지는 것 같았다.

창 옆에 걸터앉아 한동안 그렇게 밖의 경치를 멍하니 바라보았다. 모모코 외숙모 역시 옆에서 감상에 젖었는지 평소와 달리 입을 다문 채로 밖을 바라보았다. 여기서 일하면서 산다는 건 어떤 기분일까, 하고 나는 상상해 봤다. 어쩐지 나도 그런 생활을 즐길 수 있을 것 같았다.

쿵쿵. 힘찬 노크 소리가 나더니 하루 짱이 들어왔다.

"밤에는 꽤 추울 거예요."

양손으로 무거운 석유스토브를 끙끙거리며 들고 들어온 그녀가 방구석에 쿵, 놨다.

고마워요, 하고 우리가 인사하자 하루 짱은 선술집 점원처럼 "네, 그럼 편히 쉬십쇼오" 하고 대답한 뒤 나갔다.

"모모코 외숙모, 여기서 얼마 동안이나 일하셨어요?"

외숙모에게 물었다.

"3년쯤?"

모모코 외숙모는 고개를 갸웃거리며 대답했다.

"여기를 나간 후에는 어떻게 하셨는데요?"

"뭐, 이것저것. 사람은 마음만 먹으면 어디에서든 살 수 있어."

확실히 모모코 외숙모라면 어디에서라도 씩씩하게 살아갈 수 있을 것 같았다.

"자, 그럼." 외숙모가 기세 좋게 일어섰다. "저녁 식사가 준비될 때까지 조금 나갔다 올까?"

본격적인 산행은 내일 하기로 하고, 오늘은 산 위에 세워진 신사에 가서 참배만 하고 오기로 했다. 모모코 외숙모가 말하길, 신사는 여관 코앞에 있어서 가는 데 5분도 걸리지 않는다고 했다.

선물 가게와 식당이 서로 사이좋게 몸을 기대고 있는 모퉁이를 벗어나자 눈앞에 커다란 도리이*가 나타났다. 앞서가는 몇몇 사람들을 따라서 우리도 가볍게 절을 한 번 하고 경내로 들어갔다.

신사는 내가 상상했던 것보다 훨씬 훌륭했다. 보물전 宝物殿 등 신을 모신 건물이 여럿 세워져 있었고 참배로 옆에는 무수한 돌비석이 서 있었다. 안내판을 읽어보니 이

---

* 신사 입구에 세워진 기둥 문.

곳은 고대시대에 세워진 신사로, 중세 이후에는 간토 지방의 산악신앙을 믿는 신자들을 중심으로 많은 사람이 찾아왔다고 되어 있다.

그렇게 옛날부터 이런 산 구석에 큰 신사가 존재했다는 게 놀라웠다. 더구나 몇백 년도 더 되는 과거부터 수많은 사람이 참배하기 위해 이 산을 올라왔다니.

지금 같은 교통수단도 없었을 테니 이곳에 오려면 그야말로 걸어서 며칠, 몇십 일이 걸렸을 것이다. 당시 사람들에게는 이곳에의 방문이 지금과 비교할 수 없을 정도로 중요한 일이었을 것이다. 그렇게 생각하니 신앙심이 없는 나도 마음이 경건해졌다.

우리는 본전本殿을 향해 나 있는 상당히 가파른 돌계단을 걸어 올라갔다. 양옆으로 야생 용담초가 선명한 보라색 꽃을 피우고 있었다. 돌계단은 엄청나게 길어 아무리 올라가도 좀처럼 본전에 이르지 못했다. 다른 관광객도 모두 후욱 후욱 숨을 몰아쉬며 올라갔다. 겨우 배전* 앞에 섰을 때에는 나 역시 숨을 헐떡이고 있었다.

* 배례를 하기 위해 본전 앞에 지어진 건물.

어떻게든 정신을 차린 우리는 나란히 시줏돈을 던져 넣고 합장했다.

기도를 끝내고 옆으로 시선을 돌리니, 모모코 외숙모가 아주 심각한 표정을 한 채 아직도 두 손을 마주 대고 있었다.

"무슨 소원을 비셨어요?"

외숙모가 눈을 뜨기에 슬쩍 물어봤다.

"아무것도."

"하지만 굉장히 열심히 빌고 있었잖아요."

"신사에 왔다고 꼭 어떤 걸 빌어야 하는 것은 아니야. 그냥 '늘 보살펴 주셔서 감사합니다'라고 신에게 감사 인사만 해도 돼."

"어, 난 맘껏 소원만 빌었는데."

"뭐라고 빌었는데?"

"병 없이 건강하고 앞으로도 가능한 한 돈만큼은 궁하지 않게 해달라고요."

모모코 외숙모는 역시 다카코답다며 웃더니 경내를 한 번 빙 둘러보고 나서 이렇게 말했다.

"사토루의 서점을 나와서 홀연히 이 신사를 찾아왔었

어. 그리고 돌아가는 길에 그 산장에 묵었지. 그러고는 마
땅히 기댈 데가 없어서 산장 주인아주머니에게 입주해서
일할 수 있게 해달라고 청했어. 주인아주머니는 마침 남
편을 잃은 지 얼마 되지 않았었고, 그때는 하루 짬도 없었
던 때라 일손이 필요했지. 그렇긴 해도 생면부지의 나 같
은 아줌마를 고용해 주다니 참 좋은 사람이야."

　모모코 외숙모는 자기 얘기를 남의 일처럼 말하는구
나. 나는 속으로 감탄했다.

　우리는 마지막으로 한번 더 나란히 절을 하고 나서, 저
녁 해를 받아 아름답게 빛나는 본전을 뒤로하고 언덕길을
내려왔다.

　욕실에 들어가 땀을 씻어낸 나는 뒤이어 욕실로 들어
간 모모코 외숙모를 기다리며 이불 위에서 뒹굴거리고 있
었는데, 수마가 덮친 모양이었다. 외숙모가 흔들어서 일
어나니 벌써 저녁 식사 시간이었다.

　손님들이 모여 식사를 하는 큰 방으로 들어갔다. 내가
꿈나라에 있는 동안 여관에 두 팀의 손님이 더 들어온 모
양이었다. 삼대가 함께 여행 온 가족과 중년 남성 두 명.
아저씨 둘은 벌써 약간 취한 상태라서 우리가 방으로 들

어가자 "먼저 먹고 있습니다" 하고 큰 목소리로 인사했다.

저녁 식사는 너무 양이 많아서 처치가 곤란할 지경이었다. 주인아주머니는 이것저것 있는 대로 뭐든지 가져왔다. 조림, 낫토, 장아찌 등 여러 가지 반찬이 조금씩 있었고 전골에 튀김까지 있었다. 가장 맛있었던 건 은어된장구이였다. 나는 거기에 밥과 된장국만 있으면 충분했기 때문에 전골과 튀김은 아저씨들에게 양보했다.

숙소의 여유로움도 한몫해서인지 큰 방은 묘하게 흥이 났다. 등산이 취미인 아저씨들은 몇 번이나 이 산을 찾아왔다며 곤드레만드레 취한 상태에서도 꼭 가봐야 할 곳이 있다며 열심히 가르쳐줬다. 그것들은 하나같이 연화승마*의 군생지 같은, 모두 볼 시기를 놓친 곳뿐이었다.

다른 한 팀은 손자의 결혼을 앞두고 가족들끼리 조촐한 여행을 왔다고 했다. 할머니는 벌써 여든일곱 살이라고 했다(나이에 대해서는 여든아홉이라고 주장한 사람이 있어 가족들 사이에서 한바탕 논쟁이 벌어졌다). 케이블카 승차장에서부터 여기까지는 손자가 휠체어를 밀고 왔다나.

* 산에서 피는 연꽃 계열의 일본 특산 식물로 대표적인 여름꽃.

"여기가 내 마지막 여행지구나."

할머니가 중얼거리자 모모코 외숙모는 힘차게 말했다.

"어머, 정말 젊어 보이시는걸요. 아직 얼마든지 더 다니실 수 있어요!"

두 팀이 식사를 끝내고 물러가자 모모코 외숙모는 주인아주머니와 그동안 밀린 이야기를 나누느라 시간 가는 줄 몰랐다. 나는 먼저 방으로 돌아가기로 했다.

여행 전에 문득 가슴이 소란스러웠던 것은 아무래도 기분 탓이었던 모양이다. 방에 돌아온 나는 오늘 보았던 모모코 외숙모의 모습을 떠올리면서 그렇게 결론을 내렸다. 저렇게 즐거워하는 모습은 밝았던 평소와 아무 차이가 없다. 예전에 일했던 곳에 대한 그리움 때문에 한번 와보고 싶었던 것뿐이겠지.

쓸데없는 생각을 하는 바람에 오해를 해버렸어. 히데아키와의 일에서 이미 드러났지만 나는 워낙에 둔하니까. 하지만 뭐, 즐거우니까 됐나.

모모코 외숙모를 기다리며 그런 생각을 했다.

"내일 아침은 일찍 출발해야 하니까 오늘 밤에는 이만

자자."

방으로 돌아오자마자 모모코 외숙모가 그렇게 말해서 일찌감치 잠자리에 들었다. 하지만 두 번이나 깜박 잠들었던 탓인지 자리에 누워도 좀처럼 잠이 오지 않았다. 모모코 외숙모는 이불에 들어간 지 3분 만에 곯아떨어져서 옆에서 쿨쿨 기분 좋은 숨소리를 냈다(때때로 큭 드르렁, 하고 코도 골았다).

새삼스럽게 스보루에 책을 놓고 온 일이 생각났다. 그와 동시에 와다 씨 얼굴도 머릿속에 떠올랐다. 와다 씨는 지금 뭘 하고 있을까. 물론 자고 있겠지. 멀리 떠나온 건 아니지만, 모르는 곳에서 잠 못 드는 밤을 보내고 있자니 왠지 마음이 불안해지며 그가 무척 보고 싶었다.

연락처 정도는 물어봤어도 됐을 텐데. 이젠 두 번 다시 못 만날지도 모른다. 와다 씨가 스보루에 올 이유가 사라져 버렸으니까. 그렇게 생각하자 새삼 가슴이 저려왔다.

정신이 점점 말똥말똥해져서 살그머니 방을 빠져나왔다. 숙소는 모두가 잠이 들어 조용했다. 복도 막다른 곳의 작은 방에서만 미닫이문 사이로 불빛이 새어 나오고 있었다. 발소리를 죽여 살그머니 다가가 안을 들여다보았다.

책상 앞에서 양반다리를 하고 앉은 하루 짱이 컴퓨터 화면을 꼼짝도 않고 노려보고 있었다. 신사에서 합장을 했던 모모코 외숙모가 그랬듯 심각한 표정으로.

숨을 죽이고 자리를 떠나려 하는데 나를 알아차린 그녀가 "무슨 일이죠?" 하고 작은 소리로 물었다.

"왠지 잠이 안 와서요."

"아, 그럼 산책을 좀 해보세요. 오늘은 날이 맑으니까 별이 예쁠 거예요."

그녀는 현관을 턱으로 가리켰다.

"네. 그렇게 할게요."

대답하고 현관 밖으로 나가려는데 하루 짱이 "잠깐만요. 캄캄해서 혼자는 위험해요" 하며 손전등을 들고 따라왔다.

조용히 현관문을 열고 마당으로 나왔다.

높은 곳이라 아직 10월 중순인데도 숨을 내쉴 때마다 하얀 입김이 나왔다. 위를 올려다보니 하늘이 평소보다 훨씬 가까워 보였다. 도심에서는 볼 수 없었던 겨울 별자리가 벼랑 너머 넘실대는 능선 위에서 깜빡이고 있었다.

둘이서 신사 바로 앞까지 천천히 걸었다. 주위는 완전

히 잠들었는지 불빛이 새어 나오는 창문이 하나도 없었
다. 우리가 신고 있는 샌들의 딸깍거리는 소리만이 기분
좋게 울렸다.

"미안해요, 이렇게 따라오시게 해서."

"뭐, 괜찮아요. 커뮤니티 사이트를 보고 있었던 것뿐이
니까요."

하루 짱은 주머니에서 담배를 꺼내 입에 물고 불을 붙
였다. 그리고 어둠을 향해 연기를 후우 내뱉었다.

"하루 짱은 언제부터 여기서 일한 거예요?"

"고등학교를 나온 뒤로 쭉이요. 여기 주인아주머니는
친척이에요."

"어머, 그랬군요."

"여기서는 대체로 가족이나 친척들이 와서 일해요. 그
리고 이 지역 고등학생이 방학 동안 아르바이트로 와주거
나 하죠. 모모코 아주머니 같은 경우는 드물어요."

"일은 재미있어요?"

"글쎄요. 이 일 말고 다른 일은 해본 적이 없으니까 잘
몰라요. 뭐, 대학생들이 많이 오는 시기는 신나지만 요즘
같은 때는 좀 외롭죠. 어떻게 두 분이서 여행을 오게 되었

나요? 그렇게 사이좋아 보이지도 않던데."

하루 짱은 특별히 흥미가 있는 것도 아닌 듯 무심한 목소리로 물었다.

"왜일까요. 오기 전에는 모모코 외숙모가 뭔가 나한테 애기하고 싶은 게 있지 않나 하고 내심 걱정했거든요. 하지만 별일 아닌 것 같아요."

"흐음. 그러고 보니 모모코 아주머니, 여기 계셨을 때에는 좀 더 어두웠어요. 오래간만에 만났는데 엄청 밝아져 있어서 조금 놀랐어요."

"그래요?"

"네. 여기를 떠나기 직전에는 활기를 되찾았던 것 같았지만, 어쨌든 내가 막 들어왔을 무렵에는 거의 말도 하지 않았거든요. 좀 무서운 사람이라고 생각했어요."

나는 그런 모모코 외숙모를 도저히 상상할 수 없었다.

"뭐, 잘 모르지만요."

하루 짱은 그렇게 말하고 도리이 바로 앞에 설치된 재떨이에 담배를 던져 넣었다.

별똥별 하나가 쓱 흘러 밤하늘로 사라지자마자 하루 짱이 성대한 재채기를 한 번 했다.

"슬슬 돌아갈까요?"

"그래요."

하루 짱은 코를 훌쩍이며 고개를 끄덕였다.

~~~

다음 날 아침. 나는 이불에서 나올 마음이 들지 않아 계속 꾸물거렸다. 모모코 외숙모가 담요를 몇 번이나 벗겨내려고 했지만 나는 손으로 꽉 누르며 사수했다.

9시가 지나서야 겨우 자리에서 일어나 얼굴을 씻은 나는 모모코 외숙모의 모습을 찾아 숙소 안을 돌아다녔다.

"아마 마당에 있을 거야."

주인아주머니가 웃음을 억지로 참는 표정을 지으며 말하길래 뭔가 싶어 밖으로 나갔다. 그러자 유카타 차림의 모모코 외숙모가 아침 해가 내리쬐는 마당 한가운데에 서서 괴상한 포즈를 취하고 있었다.

"뭐 하시는 거예요?"

"태극권이야."

최근 몇 년 동안 해온 아침 습관이라고 했다.

"건강에 아주 좋아. 정신 건강에도 좋고. 늦잠꾸러기도 괜찮으시면 함께할까요?"

모리사키 서점 앞에서도 매일 저걸 했던 건가? 아직 영업도 시작하기 전에 헌책방 앞에서 태극권을 하는 외숙모라니. 출근하던 직장인이 보면 꽤나 놀랄 것이다. 그 모습을 상상하니 나도 모르게 웃음이 터져 나오려고 했다.

아침을 다 먹고 나서 우리는 드디어 등산을 하러 나섰다. 나도 오늘은 움직이기 편한 복장으로 만반의 준비를 갖췄다. 다른 손님들은 이미 출발했다고 했다.

"뭐, 시간은 충분하니까요."

내가 말하자 모모코 외숙모는 차가운 눈으로 나를 힐끗 봤다.

"다녀오세요."

주인아주머니의 배웅을 받으며 숙소를 나왔다. 산길을 따라 산을 두 개 넘으면 멋있는 경치를 볼 수 있는 전망대가 나온다고 해서 그곳까지 가보기로 했다.

산속에는 내 키의 다섯 배 정도 되는 삼나무가 들어차 있었고 공기가 차가웠다. 모모코 외숙모는 여기저기 얼굴을 내밀고 있는 귀여운 들꽃들을 손가락으로 가리키며 꽃

이름을 가르쳐줬다. 몇 년 동안이나 이곳에 살았던 만큼 산에 대해서 잘 알고 있는 것 같았다.

한편 나로서는 초등학생 때 참가한 여름학교 이후 처음 하는 등산이었다. 유능한 가이드와 함께 산을 걷는 건 무척 즐거웠다. 산에서 길을 잃을 걱정도 없었다. 기분이 좋아져서 나는 여름학교에서 노래했던 「숲속의 곰 아저씨」를 흥얼거렸다.

하지만 그렇게 노래를 흥얼거릴 수 있었던 건 등산로 초입까지뿐이었다. 처음에는 평탄하고 폭이 넓었던 길이 "산을 우습게 보면 안 돼" 하듯이 서서히 좁아지면서 가팔라졌다. 길 상태도 나빠져서 정신을 놓으면 미끄러질 것 같아 무서웠다.

운동신경이 별로 좋지 않은 나는 "곰 아저씨가아 하는 마알" 하고 노래를 부르고 있다가는 바로 산 아래로 떨어질 것 같았다.

하지만 외숙모는 길 상태가 나쁜 것 정도는 아무 문제가 되지 않는다는 듯 가벼운 발걸음으로 거침없이 성큼성큼 나아갔다. 나와의 거리가 너무 멀어지면 조금 앞에서 멈춰 서서 따라오기를 기다렸다.

"저기요, 가이드 씨. 조금만 천천히 갑시다."

텐구 바위라는 거대한 바위를 지날 때쯤 내가 애원했다. 하지만 모모코 외숙모는 쌀쌀맞게 대꾸했다.

"누구 탓에 시간이 별로 없거든. 서두르지 않으면 돌아오는 길에는 해가 넘어갈 거야. 저녁 무렵이면 산속은 캄캄해져."

그런 말을 듣고 나니 할 말이 없었다.

"조금만 더 가서 쉴 거니까, 그때까지 힘내."

격려하듯이 말하고는 또다시 앞장서서 타박타박 걸어가는 것이었다.

정오가 지나서 맑은 물이 흐르는 물길 옆에 이르러서야 겨우 쉬게 되었다. 주인아주머니가 점심으로 싸 준 주먹밥을 두 개씩 나눠 들었다. 나뭇잎 사이로 새어 들어오는 햇빛을 받으며 물이 흐르는 소리를 기분 좋게 듣고 있자니 피로가 얼마간 풀렸다.

바위에 털썩 주저앉은 나는 흐트러진 숨을 진정시키려고 맑은 공기를 여러 번 들이마셨다. 모모코 외숙모는 아직 상당히 여유가 있는 듯 아무렇지도 않은 얼굴로 주먹밥을 덥석 물었다.

"외숙모는 정말 건강하시네요."

"너는 젊은 애가 체력이 형편없구나."

"외숙모도 어제 만난 할머니만큼 건강하게 살 수 있을 거 같아요."

나는 웃으며 그렇게 가벼운 익살을 떨었다. 모모코 외숙모도 그 말을 듣고 웃었다.

"그게 말이야. 꼭 그렇게 될 것 같지도 않아. 병이 있거든. 겉은 멀쩡하지만 여기저기 이상이 있는걸."

내가 "어?" 놀라자 모모코 외숙모는 "자, 휴식 끝! 이제 조금만 더 가면 돼" 하고 기합이 들어간 목소리로 말한 뒤 앞으로 걸어가기 시작했다.

병? 병이라니, 모모코 외숙모가? 전혀 그렇게 보이지 않았는데…….

내가 제자리에서 꼼짝하지 않고 있자 모모코 외숙모가 돌아보고는 "꾸물대면 놔두고 갈 거야!" 하고 재촉했다. 나는 별수 없이 자리를 털고 일어나 그 작은 뒷모습을 쫓아갔다.

그 뒤로 우리는 대화도 거의 주고받지 않은 채 오로지

계속해서 걷기만 했다. 한번은 울퉁불퉁한 바위투성이 언덕길을 내려갔고 그 후로는 산을 반쯤 빙 돌았으며 그다음에는 다른 언덕길을 올라갔다. 오르락내리락을 반복한 탓에 내 발은 몇 번이나 비명을 질렀다.

그러더니 마침내 하늘이 펼쳐지며 정상이 드러났다.

정상에는 접시 위에 놓인 푸딩처럼 생긴 전망대가 설치되어 있었다. 소나무가 드문드문 서 있을 뿐, 주변은 온통 적갈색의 땅으로 덮여 있었다. 앞은 깎아지른 절벽. 우리보다 먼저 온 중년 남자 한 명만이 절벽 바로 앞의 벤치에 앉아 있었다. 주위는 고요했다. 우리는 남자의 반대쪽 벤치에 나란히 앉았다. 정면에서 불어오는 부드러운 바람이 뜨거워진 몸을 식혀줬다.

산꼭대기에서 보는 경치는 장관이었다. 시야에 들어오는 모든 곳이 녹색에 둘러싸여 있었고, 어깨를 나란히 한 봉우리들은 끝없이 이어졌다. 투명한 하늘이 손에 닿을 듯 가깝게 느껴져 꼼짝 않고 올려다보고 있자니, 하늘 속으로 빨려 들어갈 것 같았다.

시선을 돌려 아래를 보자 저 멀리에 콩알만 한 크기의 도쿄 시내가 눈에 들어왔다. 내일이면 저 콩알 속으로 들어가서 일상을 다시 시작해야 한다는 사실이 전혀 실감나지 않았다. 이대로 여기서 살아도 좋겠다는 기분이 들었다. 모모코 외숙모도 이곳에 처음 왔을 때 그런 생각을 한 걸까.

"있잖아요, 외숙모."

"응?"

"왜 사토루 외삼촌을 놔두고 나간 거예요?"

외삼촌에게 부탁받아서가 아니라 그저 단순히 알고 싶어서 물어봤다. 모모코 외숙모도 지금이라면 솔직하게 대답해 줄 것 같았다.

"으음."

모모코 외숙모가 시선을 앞으로 둔 채로 작게 고개를 끄덕였다. 나 역시 앞쪽을 바라보면서 외숙모가 입을 열기를 잠자코 기다렸다. 제비 한 마리가 휙 하고 하늘을 가로질러 날아갔다.

"옛날에 내가 좋아하는 사람이 있었다고 했지?"

모모코 외숙모는 여전히 시선을 앞으로 향한 채 불쑥 말했다.

"네."

"그 시절, 그 사람의 아기가 생겼었어. 나는 가족이란 것에 무척 큰 동경을 품고 있었기 때문에 임신한 사실이 굉장히 기뻤지만 그 사람은 기뻐해 주지 않았어. 그 사람 한테는 일본에 부인과 아이들이 있었으니까. 나는 그 사실을 나중에야 알았고."

강한 바람이 휭 불어와 모래가 날렸다. 그러고는 다시 정적이 찾아왔다.

"그때 내가 좀 더 강했더라면 그 아이를 지켜줄 수 있었을 거야. 하지만 그러지 못했어. 누군가를 엉망으로 상처 입히면서 행복해질 자신도 없었고, 미혼모라는 꼬리표를 달고 살아갈 용기도 나한테는 없었어. 나중에 죽을 만큼 후회했지만 그때는 이미 늦었지……."

모모코 외숙모는 그렇게 말하고는 작게 한숨을 쉰 뒤 희미하게 웃었다.

"그 후 사토루 씨를 만나 결혼한 거야. 그이도 아이를 간절히 원했지만 좀처럼 생기질 않았어. 그러다가 10년이 지나서야 겨우 아기가 들어섰어. 그이는 기뻐했고 나도 눈물이 날 정도로 기뻤지. 하지만 그 아이는 태어나기도 전에 내 배 속에서 죽었어……. 벌받은 거라고 생각했어.

옛날에 아기를 죽게 한 벌을 지금 받은 거라고. 나한테는 아이를 낳을 자격이 없다고……. 그이는 성심껏 날 위로 했어. 자기도 괴로웠을 텐데 말이지. 그이, 바보스러울 정도로 사람이 좋잖아. 다카코 너도 알지?"

나는 고개를 끄덕였다.

"그래서 나도 어떻게든 마음을 추스르고 함께 모리사키 서점을 일으켜 세우기 위해 있는 힘을 다해 노력했어. 그이도 나를 생각해서인지 더 이상 아기 얘기를 꺼내지 않고 오직 서점 경영에만 매달렸지.

나도 모리사키 서점이 정말 좋았고, 그이 못지않게 서점에 애정을 갖고 있다고 생각했어. 하지만 그것만으로는 부족했어. 몇 년이 지나도 슬픔이 사라지지 않았어. 배에 뻥 하고 구멍이 뚫린 것 같은 기분이 계속 들었어. 그 구멍은 사라지기는커녕 날이 갈수록 커져만 가는 거야……. 그런 기분으로 그이와 함께 있는 게 그이를 배신하는 행위처럼 느껴졌어. 결국 어느 날 정신을 차리고 보니 이런 데까지 와 있었던 거야."

모모코 외숙모는 얘기가 끝나자마자 휴우, 하고 길게 한숨을 쉬었다. 마치 이야기하는 동안 한 번도 숨을 쉬지 않았던 것처럼.

"내 멋대로 한 일이라 누가 뭐라고 해도 할 말이 없어. 그이한테는 왠지 그런 속마음을 털어놓기가 무서웠어. 내 얘기, 어이없지?"

나는 무슨 말을 해야 좋을지 알 수 없었다. 지금의 나로서는 외숙모의 아픔을 상상하는 일은 아마 불가능할 것이다. 거기에 있는 절실한 마음만큼은 이해할 수 있을 것 같았지만 내가 무슨 말을 덧붙일 수 있을까.

그저 조용히 고개를 옆으로 젓기만 했다. 한참을 그러고 있는데 모모코 외숙모가 천천히 일어섰다.

"쓸데없는 얘기를 해서 미안해. 이제 빨리 돌아가야겠다."

정신을 차리고 보니 태양이 벌써 산의 능선 쪽으로 천천히 내려가고 있었다.

정상에서 돌아오는 길에 모모코 외숙모는 빠른 발걸음으로 쓱쓱 앞으로 나아갔다. 나는 이런저런 생각에 머리가 혼미해진 탓에 발이 한 번 미끄러져 엉덩방아를 찧었다.

숙소로 돌아오니 이미 밖은 꽤 어두워져 있었고, 어느

샌가 보슬비까지 내리고 있었다. 아직 저녁 식사 시간까지는 한 시간이나 남아 있었기에 그대로 목욕탕으로 직행했다.

멍청히 천장을 올려다보며 오래오래 물에 몸을 담그고 있었다. 왠지 무척 긴 하루였다는 생각이 들었다. 창밖을 내다보니 밖에는 이미 짙은 어둠이 깔리고 있었다. 탕에서 올라오는 유백색 김이 창을 통해 빨려나가듯 그 어둠 속으로 흘러들어 갔다.

덜컹덜컹. 기세 좋게 문이 열려 깜짝 놀라 쳐다봤다. 뿌연 수증기 사이로 발가벗은 모모코 외숙모가 서 있는 게 보였다. 옷을 벗어버린 모모코 외숙모는 평소보다도 더 작아 보였다.

"같이해도 될까?"

"아…… 네, 들어오세요."

내 대답을 기다리지도 않고, 외숙모는 안으로 쓱 들어왔다.

"젊긴 젊구나. 피부가 반짝반짝 빛나네."

모모코 외숙모가 욕조 안의 나를 들여다보며 말했다. 나는 반사적으로 그녀에게 등을 돌렸다.

"저도 제법 나이 먹었어요."

"어머, 아직 멀었어. 봐, 목에서 가슴으로 내려오는 선이 굉장히 곱잖아. 나이는 이런 데서 드러나는 법이야. 반드르르한 게 부러워."

모모코 외숙모는 히죽히죽 능글맞은 웃음을 웃으며 말했다.

"그거 완전히 성희롱이에요."

"어머나, 성희롱이라니 그게 무슨 소리니."

나의 항의에 외숙모는 그렇게 대답하며 아하하 하고 호쾌하게 웃었다. 목욕탕 안에 그 웃음소리가 기분 좋게 울려 퍼졌다.

모모코 외숙모의 아랫배에 세로로 10센티미터쯤 되는 수술 자국이 있는 것을, 나는 들어왔을 때부터 알아차리고 있었다. 모모코 외숙모는 흉을 숨기려 들지도 않았지만 나는 어쩐지 봐서는 안 되는 것을 봐버린 것 같아 살짝 시선을 돌렸다.

낮에 외숙모가 들려준 이야기가 떠오르면서 왠지 목이 꽉 잠겨왔다.

몸에 물을 끼얹은 모모코 외숙모는 내 옆으로 들어와

앉으며, "휴우, 좋다" 하고 기분 좋게 눈을 감았다. 그 옆 얼굴을 보고 있자니까 왠지 그녀를 꽉 껴안아 주고 싶은 마음이 보글보글 솟아올랐다.

나는 "어라?" 하고 창밖을 가리켜 외숙모가 그쪽으로 시선을 돌리게 한 후 맘먹고 덤벼들었다. 그러나 낌새를 알아차린 모모코 외숙모는 잽싸게 몸을 피했다.

"뭐, 뭐야?"

모모코 외숙모는 나를 놀란 얼굴로 쳐다보며 괴상한 비명을 질렀다.

"아무것도 아니에요."

나는 첨벙첨벙 물속을 나아가며 양치는 개가 양을 몰아붙이듯 모모코 외숙모를 욕조 구석으로 한 발 한 발 몰아갔다.

"뭐야, 다카코, 그런 눈 하지 마."

나는 겁먹은 소리를 내는 모모코 외숙모를 향해 개의치 않고 덤벼들었다. 그리고 눈을 감고 꽉 끌어안았다. 모모코 외숙모의 어깨는 무척 작고 무척 따뜻했다.

"잠깐, 애, 뭐야 이거."

모모코 외숙모가 필사적으로 저항하는 바람에 물이 철

퍽철퍽 튀어 올랐다. 수면이 출렁거렸다. 그래도 나는 팔의 힘을 풀지 않았다.

마침내 외숙모도 체념했는지 더 이상 저항하지 않고, 몸의 힘을 빼고서 나한테 몸을 맡겼다.

"졌다. 다카코한테 이런 취미가 있을 줄이야."

모모코 외숙모가 내게 기댄 채 말했다.

"모르셨죠?"

킥킥 웃으면서 우리는 넓은 욕조 구석에서 그대로 오래오래 끌어안고 있었다.

~~~

이틀째 밤은 지난밤보다 훨씬 조용히 지나갔다.

어젯밤에 얼굴을 마주했던 두 팀은 벌써 하산해 버렸다. 오늘 새로 온, 뭔가 사연이 있어 보이는 남녀는 식사 중에도 둘이서만 작은 소리로 얘기를 나눴다. 그럴 거면 굳이 이런 민박집 같은 곳이 아니라 둘만 있을 수 있는 온천여관으로 갈 것이지. 얄밉다는 생각이 들었다.

쟁반을 나르던 주인아주머니도 신경이 쓰였는지 방 중

앙에 놓인 구식 텔레비전을 켜놓고 나갔다. 오디오가 고장 났는지 브라운관 안에서 시끄럽게 웃는 사람 소리가 때때로 툭 하고 끊겼다. 그러면 순간적으로 더욱 깊은 침묵이 주위에 퍼지는 느낌이 들었다. 나는 툭 하고 끊기는 그 소리가 묘하게 무서워서 텔레비전의 전원을 꺼버렸다.

방에 돌아와 나란히 펼쳐진 이불에 들어갔다. 불까지 끄자 방안이 갑자기 적막해졌다. 벌써 그친 듯, 멀리서 들려오던 빗소리도 더 이상 들리지 않았다. 내일은 조금 천천히 나갈까. 모모코 외숙모가 중얼거렸고 나도 그래요, 하고 멍하니 말했다.

어둠 속에서 꼼짝하지 않고서 천장을 바라보았다. 모모코 외숙모가 작은 전구를 켜놓으면 잠이 오지 않는다고 해서 그것마저 꺼버렸더니 사방이 캄캄했다. 그래도 계속 눈을 뜨고 있자 차차 익숙해져서 물건의 윤곽이 희미하게나마 시야에 들어왔다.

"외숙모, 주무세요?"

잠시 후 옆에 있는 모모코 외숙모에게 살짝 말을 걸어봤다.

"응?"

모모코 외숙모도 잠이 오지 않았는지 바로 대답했다.

"조금 얘기해도 돼요?"

나는 천장을 바라보며 작은 소리로 말했다.

"좋아. 나도 그럴 마음이었으니까."

"저기요, 낮에 했던 얘기 말인데요……."

"어느 얘기?"

"병에 걸렸다는……."

조금 틈을 두고 모모코 외숙모가 대답했다.

"아, 응."

"그, 그게 별로 좋지 않은 건가요?"

나는 대본이라도 읽는 것처럼 단숨에 물었다. 어둠 속에 울리는 내 목소리가 굉장히 불안정하게 들렸다.

"글쎄. 좋지 않다고 하면 좋지 않고, 그렇지 않다고 하면 그렇지도 않아."

아주 조금 틈을 두고 작은 목소리가 그렇게 대답했다.

"무슨, 말씀이세요?"

"으음."

모모코 외숙모는 길게 웅얼거렸다.

"그러니까 말이지. 세상에는 불의의 사고를 당하거나

갑자기 병에 걸려서 그 누구에게도 이별을 고하지 못한 채 가야 하는 사람도 있잖니? 그에 비하면 나는 운이 좋은 게 아닐까 싶어. 나한테는 아직 그렇게 할 기회가 많이 남아 있으니까."

"그거……."

"아니, 그렇게 걱정할 정도는 아니야. 지금 당장 사신이 날 보면서 웃고 있는 건 아니니까. 얼마 전까지는 입원하고 자궁 적출이니 뭐니 이것저것 했지만 지금은 통원하면서 예후를 보고 있는 상태야. 뭐, 앞으로 몇 년 동안은 방심할 수 없는 상황이지."

"혹시 그래서…… 외삼촌네로 돌아오신 거예요?"

"딱히 병에 걸렸기 때문에 돌아가자고 생각한 건 전혀 아니야. 하지만 입원해서 상당히 울적해하던 시기에 꿈을 꿨어."

"꿈?"

나는 어둠 속에서 모모코 외숙모 쪽을 향해 돌아누웠다. 하지만 외숙모의 얼굴을 볼 수는 없었다.

"응. 꿈속에서 나는 어느 항구에서 마침 출항하려는 배를 탔어. 으음, 그게 아니라, 나 자신이 배였을지도 몰라.

어쨌든 나는 계속 저 멀리 보이는 지평선을 향해 나아가려던 참이었어. 이제 두 번 다시 돌아올 수 없다는 것도 잘 알고 있었지. 그런데 돌아보니, 항구에 한 남자가 서서 이쪽을 향해 크게 손을 흔드는 거야. 한눈에 아, 사토루구나, 하고 알아차렸어. 이젠 더 이상 만날 수 없다는 예감이 들어서 나도 있는 힘껏 손을 흔들려고 했지. 하지만 내 배는 너무 빨라서 사토루가 자꾸만 작아졌어. 정신을 차리고 보니 이제 사토루는 보이지 않았고 나는 바다에 혼자 떠 있었어. 그런 꿈."

모모코 외숙모는 이불 속에서 부스럭부스럭 움직여 내쪽으로 돌아눕고는 짧게 웃었다.

"부끄럽게도 병실에서 그 꿈을 꾸고 깨어난 다음 나 스스로가 깜짝 놀랄 정도로 울었어. 그게 꿈이라는 걸 알면서도 말이지. 눈물이 끊이지 않고 넘쳐 나는 거야. 마지막에는 엉엉 소리 내어 울 정도였어. 마지막으로 울었던 적이 언제인지 모를 정도로 좀처럼 울지 않는 나였는데 그때는 그야말로 엉망진창이 되도록 목 놓아 울었어. 슬퍼서, 정말 슬퍼서 참을 수가 없었어. 그래서 아무래도 사토루를 한번 더 만나야겠다고 생각한 거야. 이상하지?"

"아뇨."

그때 모모코 외숙모가 느꼈을 불안감을 떠올리며 나는 몇 번이나 고개를 옆으로 흔들었다. 그래봤자 상대에게 보일 리 없었지만.

"이상해. 확실히."

내가 아니라고 했는데도 모모코 외숙모는 자기 멋대로 단언했다.

"어쨌든 그게 계기가 되어 창피함을 무릅쓰고 돌아온 거야."

"그랬구나……. 외삼촌한테 병에 대해 얘기할 생각은 없으세요?"

"응, 없어."

모모코 외숙모는 또렷한 목소리로 말했다.

"어째서요?"

"글쎄, 이제 와서 그이에게 무거운 짐이 되기는 싫어."

"사토루 외삼촌은 그렇게 약한 사람이 아니에요."

"그래, 그이는 분명 나를 받아들여 줄 거야. 하지만 그런 문제가 아니야. 이건 내 마음의 문제야. 난 더 이상 누군가에게 기대기 싫어."

"하지만 얘기해 보지 않고는……"

알 수 없어요, 하고 말하려고 할 때 모모코 외숙모가 말을 끊었다.

"그건 말이지, 만나러 갈 생각을 했을 때 이미 확실하게 결심한 거야."

"하지만, 하지만 저한테는 얘기하셨잖아요."

나는 자연스럽게 목소리가 커졌다.

"누군가가 들어줬으면 했던 거지."

모모코 외숙모는 불쑥 그렇게 중얼거렸다.

"집을 나간 이유에 대해서도, 병에 걸린 사실에 대해서도, 누군가에게는 다 털어놓고 싶었어. 그리고 너는 내가 사토루한테도, 아무한테도 말하지 말라고 부탁하면 절대로 말하지 않을 아이라는 걸 알고 있었으니까."

"그런……."

나는 눈물 섞인 목소리로 웅얼거렸다.

"그건 너무해요."

"그래. 나 너무해. 미안해, 다카코. 아까 목욕탕에서 꼭 안아줘서 정말 기뻤어. 정말로, 정말로 기뻤어. 넌 무척 따뜻한 아이야. 그러니까 사토루도 너를 그렇게 좋아하는 걸 거야."

나는 이불 속으로 들어가 눈물을 뚝뚝 흘리며 너무해,
너무해, 하고 되뇌었다. 모모코 외숙모는 미안해, 하고 몇
번이나 말했다. 그래도 나는 너무해, 하고 몇십 번이나 되
뇌었다.

그리고 그대로 울다 지쳐 잠들어버렸다.

다음 날 아침. 우리는 뭉게구름이 펼쳐진 하늘 아래에
서 주인아주머니와 하루 짱의 배웅을 받으며 숙소를 나섰
다. 모모코 외숙모는 이곳에 들어올 때와 마찬가지로 현
관에서 주인아주머니에게 정중히 허리를 굽혀 인사했다.

주인아주머니가 "그만둬" 하고 웃으며 말려도 모모코
외숙모는 그만두지 않았다. 하루 짱은 가벼운 말투로 "또
와요" 하며 휙휙 손을 흔들었다.

외숙모는 아침에 또다시 평상시의 모습으로 돌아와 있
었다. "여기 봐, 산나리가 피어 있어", "저쪽은 벌써 단풍
이 시작되네" 하고 산을 내려가는 동안 밝게 말을 걸어왔
다. 나도 가능한 한 밝은 태도로 대답했다. 달리 어떻게
하면 좋을지 알 수 없었으니까.

우리는 저녁에 신주쿠역에서 헤어졌다. 모모코 외숙모는 사람이 넘치는 개표구 앞에서 나에게 머리를 깊숙이 숙였다.

"고마워, 다카코. 무척 즐거웠어."

외숙모는 눈이 부실 정도로 환한 웃음을 지었다. 나는 큰맘 먹고 물어봤다.

"이제 어떡하실 거예요?"

"서점으로 가야지."

"아니, 그런 게 아니라. 그다음."

"으음……."

모모코 외숙모는 팔짱을 끼며 말했다.

"뭐, 어떻게든 해나가야지."

그러고는 잽싸게 발길을 돌려 인파 속으로 사라졌다.

나는 외숙모의 작은 뒷모습이 보이지 않을 때까지 가만히 그 자리에 서 있었다. 앞으로 일어날 일들을 상상하니 견딜 수 없는 감정이 마음을 가득 메웠다.

그로부터 이틀 뒤, 점심시간 직전에 외삼촌에게서 전화가 걸려왔다. 휴대전화 화면을 보고 나는 무슨 용건일지 이미 예상이 됐다.

"일하는 중에 미안하다."

외삼촌은 내가 전화를 받자 억양이 없는 낮은 소리로 말했다.

"서점에 왔더니 편지가 있는데……."

아, 역시. 나는 깊고 긴 한숨을 쉬었다. 그대로 보내는 게 아니었다. 하지만 이렇게 될 것을 미리 알고 있었다 한들, 도대체 내가 뭘 할 수 있었을까?

하지만 역시 외숙모는 너무해. 너무하다고.

휴대전화를 꼭 쥔 나는 분노가 불끈 솟아오르는 걸 느꼈다.

"다카코."

내가 계속 입을 다물고 있자 불안한 듯 외삼촌이 전화에 대고 나를 불렀다.

"지금 그쪽으로 갈게요."

"어, 하지만 일은?"

나는 외삼촌이 아직 말하고 있었지만 전화를 끊었다.

너무해, 너무해, 너무해. 나는 진보초로 향하는 전철 안에서 몇 번이나 머릿속으로 중얼거렸다. 이건 어른이 할 행동이 아니야.

아니, 모모코 외숙모의 마음도 이해할 수는 있었다. 5년이나 행방불명이었다가 갑자기 돌아와서 병에 걸렸어요, 하고 말하는 건 역시 못할 짓이다. 사토루 외삼촌을 아직 사랑하고 있다면 더더욱. 하지만 남겨진 외삼촌은 어떻게 하라는 것인가? 몇 년 전 말없이 나갔을 때도 그토록 괴로워했었는데.

나는 외삼촌 편이다. 외삼촌이 지금까지 계속 내 편이 되어주었듯이. 이대로 사라진다면 모모코 외숙모를 절대로 용서하지 않을 것이다. 자꾸만 화가 끓어올라 참을 수 없었다. 이렇게 분노한 적이 있었나 싶을 정도로 화가 나서 몸이 작게 떨려왔다.

서점에 도착한 나는 외삼촌에게서 전해 받은 '고마워요. 부디 건강하게 지내요'라고 쓰인 편지를 쫙쫙 찢어서 바닥에 던졌다. 외삼촌은 어이가 없다는 듯이 나를 바라봤다.

"진짜 너무해. 비겁해, 외숙모. 이런 식으로 자신의 좋은 부분만 보여주고 나서는 사라져 버리다니. 이건 도망친 거야."

"다카코?"

외삼촌이 걱정에 가득 차서 내 얼굴을 들여다봤다.

"저, 다카……"

나는 그 자리에서 등을 쫙 펴고는 외삼촌의 말을 가로막고 누구에게랄 것 없이 선언했다.

"저는 약속을 깨겠어요. 아니, 애초에 약속 같은 거 하지 않았어요. 상대방이 멋대로 말하지 말라고 했을 뿐인걸."

"어?"

입을 딱 벌리고 있는 외삼촌에게 나는 그날 밤에 들었던 얘기를 간단하게 들려줬다. 외삼촌이 충격을 받을 거라는 건 물론 알고 있었다. 하지만 그래도 외삼촌에게는 알 권리가 있었다. 모모코 외숙모를 말릴 수 있는 사람도 외삼촌밖에 없었다.

하지만 내 얘기가 끝나도 외삼촌은 놀라는 기색도 없

이 "응" 하며 작게 고개를 끄덕일 뿐이었다.

"알고 계셨어요?"

"몰랐어."

"그런데 왜 그렇게……."

외삼촌은 깊은 한숨을 쉬고 의자에 무너지듯 앉았다.

"뭔가 중대한 일이 있어서 돌아왔겠지, 하는 생각은 했어. 전에도 말했지? 모모코는 한번 결정하면 절대로 생각을 바꾸지 않는다고. 그런데도 나타났다는 건……. 그렇게 생각하니까 물어보기가 무서워졌어. 그래서 다카코 너한테 부탁한 거야. 내가 바보였어. 내가 제대로 하지 않았기 때문에 이런 결과가 돼버린 거야."

벌써 포기한 것 같은 말투로 외삼촌이 말했다. 나는 얼굴을 가까이 들이밀고 그 눈을 바라보며 말했다.

"분명, 아직 괜찮을 거예요. 지금 보내버리면 정말로 두 번 다시 볼 수 없게 돼요. 어떤 결론이 나올지는 알 수 없어도 그건 안 돼요. 제가 말하고 싶은 게 뭔지 알죠? 외숙모를 말릴 수 있는 건 삼촌뿐이에요."

"응……."

외삼촌은 그저 기운 없는 목소리를 낼 뿐이었다.

"그렇다면 빨리 일어나요!"

나는 있는 힘껏 소리를 내질렀다.

"외삼촌. 저한테 도망치지 말라고 하셨었죠. 삼촌도 모모코 외숙모도 둘 다 도망치면 안 돼요. 서점은 제가 볼 테니까 모모코 외숙모한테로 가세요!"

"하지만, 어디 가서 찾으면 좋을지……."

외삼촌은 계속 힘없는 눈을 하고 말했다.

"어디 짚이는 데는 없어요? 모모코 외숙모가 맨 처음 갈 것 같은 장소라든가."

그렇게 묻자, 외삼촌은 한동안 나를 정신 나간 얼굴로 쳐다보더니 말했다.

"아니, 없어……."

"말도 안 돼요. 있을 거예요. 아무튼 모모코 외숙모는 외삼촌의 부인이잖아요."

"그렇긴 하지만…… 그렇다고……."

"외숙모한테 소중한 장소 같은 걸 생각해 보세요."

외삼촌은 나를 오랫동안 멍하니 바라보다가 갑자기 "아" 하고 외쳤다.

"딱 한 군데 있어. 아마도, 아니 분명 거기야……."

"있어요?"

내가 한번 더 묻자, 이번에는 외삼촌이 힘차게 고개를 끄덕였다.

"아, 있어. 응, 지금 가면 아직 늦지 않았을지도 몰라."

외삼촌은 의자에서 튕겨 나가듯 일어섰다.

"다카코, 뒤를 부탁해도 될까?"

"네."

"시급 못 주는데?"

"알고 있어요, 바보!"

나는 고함쳤다. 이렇게 한심한 얘기를 나눌 때가 아니었다. 외삼촌은 내게 걷어차이듯 등을 떠밀리고 나서야 겨우 밖으로 뛰어나갔다.

이번에는 그녀를 꼭 멈춰 세울 수 있기를.

나는 서점 입구에 서서 외삼촌이 사쿠라도리를 맹렬히 달려가는 모습을 눈으로 좇았다. 그 모습이 점점 작아졌다. 하지만 어찌하랴. 요통이 있어 도중에 몇 번이나 멈춰 선 다음 허리를 콩콩 두드리는 장면이 있었지만, 그건 어쩔 수 없다.

외삼촌이 보이지 않게 된 뒤에도 나는 빌딩에 잘려서

좁아진 하늘을 멍하니 보며 서 있었다. 엷은 파란색의 가을 하늘. 비늘구름 무리가 그 아래로 천천히 흘러갔다.

"뭐야, 무슨 일이야? 서점은 하는 거지?"

홀연히 서점 앞에 나타난 중년 남자가 나를 힐끗 쳐다보더니 옆을 빠져나가 서점 안으로 들어갔다. 나도 그를 따라 서점 안으로 들어갔다.

"어서 오세요."

내 역할은 이미 끝났다. 그다음은 외삼촌에게 맡기자.

나는 예전에 내 자리였던 계산대 안으로 가서 앉았다. 그곳에서 외삼촌과 모모코 외숙모가 돌아오는 걸 기다리기로 했다.

와다 씨와 재회한 건 그로부터 꽤 시간이 흐른 뒤, 가로수 잎도 완전히 말라 떨어졌을 무렵의 어느 날이었다. 그날 밤, 나는 한 달 만에 스보루에 들렀다. 한동안은 마음이 내키지 않아 앞을 지나갈 일이 있어도 그냥 지나쳤는데, 하루가 다르게 날씨가 추워지자 스보루의 커피가

그리워졌다.

　문을 열자마자 내 입에서 절로 "아" 하는 소리가 나왔다. 안쪽 테이블 자리에 와다 씨가 앉아 있었다. 우리는 눈이 마주쳤다. 와다 씨도 나를 알아봤다.

　'실수했네.'

　그렇게 생각한 나는 가볍게 인사만 하려 했지만, 그는 예의 바르게 일어나 내가 다가오기를 기다렸다.

　"고마워요."

　내가 머뭇거리며 맞은편 자리에 앉자 그는 평소처럼 서늘한 목소리로 말했다.

　"오래간만이에요."

　종업원이 물을 가지고 와서 "메뉴는 정하셨나요?" 하고 물었다. 나는 우선 인사만 나누고 자리를 옮긴 뒤 그쪽에서 주문하려고 생각했기에, "이따가 할게요" 하고 말했다. 종업원은 고개를 끄덕이고는 미소를 남긴 뒤 멀어졌다.

　잠시 후에 와다 씨가 입을 열었다.

　"잘 지냈어요?"

　"어, 네. 아, 와다 씨는요?" 하고 내가 되묻자 그는 "그럭저럭이요" 하고 밝게 대답하며 커피를 마셨다.

그는 아직까지도 이곳에 앉아 애인이 오기를 기다리고 있었던 걸까. 그만두겠다고 스스로 말해놓고. 그런 생각을 하고 있는데 와다 씨가 갑자기 말을 꺼냈다.

"오늘은 다카코 씨를 기다렸어요."

와다 씨는 가방에서 문고본을 꺼내놓았다. 내가 여행전에 놓고 간 소설 『우정』이었다. 여러 가지 일들이 있어서 나는 그 책 자체를 완전히 잊고 있었다. 설마 와다 씨가 갖고 있으리라고는 꿈에도 생각하지 않았다.

"일부러 계속 갖고 계셨던 거예요?"

나는 책을 받아들며 말했다.

"그날 밤, 다카코 씨가 돌아간 뒤 책을 놔두고 갔다는 걸 알고 사장님께 다음번에 당신이 오면 전해달라고 부탁했는데, '그런 손님, 본 적 없어요' 하시잖아요."

"네?"

사장님이 나를 모를 리가 없지 않은가. 벌써 몇십 번이나 얼굴을 마주했고 나름 단골인데.

"그래서 내가 맡아서 갖고 있었던 거예요. 연락처도 물어보지 않았으니 가끔 들러서 오지 않을까 기다렸는데, 타이밍이 안 좋았는지 한 번도 못 만났네요. 미안하지만 여기서 기다리는 동안 지루해서 다카코 씨의 책을 끝까지 읽었어요."

그저 멍하니 그의 이야기를 듣고 있다가, 드디어 사정을 이해한 나는 카운터에 서 있는 사장님을 봤다. 사장님은 시치미 뗀 얼굴로 유리잔을 닦고 있었다. 계속 쳐다보고 있었더니 한 번 힐끗 눈길을 줬다. 바보같이, 별일도 아닌데 신경을 다 쓰고. 와다 씨가 다른 사람을 기다리고 있었다는 건 전혀 모르겠지.

"뭐랄까, 여러 가지로 죄송해요."

나는 와다 씨를 향해 머리를 숙였다.

"아니요, 저도요. 오래간만에 『언덕의 중간』 말고 다른 책을 읽을 계기가 되어서 오히려 감사하고 있어요."

와다 씨는 그렇게 말하면서 장난스럽게 웃었다.

이 기묘한 전개를 더 이상 참을 수가 없었다. 나는 바닥을 보며 어깨를 떨었다.

"어, 무슨 일이에요?"

와다 씨는 걱정스러운 얼굴을 하다가 내가 웃고 있을 뿐이라는 걸 알아차리자 함께 따라 웃었다. 기분이 점점 더 편해졌다. 스스로도 그와 만난 것을 진심으로 기뻐하고 있다는 사실을 알 수 있었다.

그렇다. 나는 역시 와다 씨를 만나 굉장히 기쁘다. 상대가 나를 어떻게 생각하고 있는지와는 상관없는, 명확한 진실이었다.

"저……."

나는 얼굴을 들고 또렷이 말했다.

"만나서 기뻐요."

사장님께 감사드려야지. 진심으로 그렇게 생각했다. 사장님이 의도하지 않았다면 정말로 두 번 다시 와다 씨를 만나지 못했을 테니까. 커피를 100잔쯤 주문해도 갚을 돈이 남을 정도로 빚을 진 기분이었다.

"나도 만나서 기뻐요. 무엇보다 이대로 있다가는 절도범이 될 참이었으니까. 아니, 농담이에요. 다시 다카코 씨를 만나서 얘기를 나누고 싶었어요."

와다 씨는 그렇게 말하고는 아하하 웃으며 머리를 긁적였다. 나는 부끄러워서 그를 똑바로 쳐다볼 수가 없었다. 힐끗 창 쪽을 바라보자 유리창에 우리 둘이 마주앉아 있는 모습이 비쳤다. 밖에는 찬 바람이 지나가고 있었다.

"자, 그럼."

와다 씨가 기분 좋게 기지개를 켜며 말했다.

"빌려 읽은 책에 대한 사례로 오늘은 제가 맛있는 걸 사 드릴게요. 그 정도는 상관없죠?"

"그럼, 커피 한 잔만."

나는 검지손가락을 세우고 웃었다.

"이것 참. 조심스러운 사람이군요."

그는 과장스럽게 놀란 얼굴을 해 보이며 옆을 걸어가던 종업원에게 높이 손을 들어 보였다.

~~~

모리사키 서점은 헌책방이 가득한 고서점 거리 한쪽 모퉁이에 오도카니 서 있다. 작고 허름해서 겉모습은 도저히 좋다고는 할 수 없는 가게. 손님도 그리 많이 오지 않는다. 취급하는 책이 한정되어 있기 때문에 흥미가 없는 사람은 돌아보지도 않는다.

그래도 이 서점을 사랑하는 사람들이 존재한다. 그런 사람들만 있으면 그래도 좋다며, 서점 주인인 사토루 삼촌은 늘 싱글벙글 웃으며 말한다. 나도 그렇게 생각한다.

그런 모리사키 서점과 그 주인이 나는 참 좋다.

일을 쉬는 오늘, 나는 오래간만에 진보초에 왔다. 일주일 전에 외삼촌에게 연락을 받았다. 전화기 너머로 들려오는 외삼촌의 흥분된 목소리를 듣자 뭐가 어땠는지 물어보지 않아도 바로 알 수 있었다.

"외숙모가 널 만나고 싶대."

외삼촌이 수화기 너머에서 말했다. 병의 경과는 지금으로선 양호하다는 말을 들으니 일단 안심이 됐다. 오래간만에 모모코 외숙모를 만난다고 생각하자 큰길을 걷는 발걸음도 자연히 빨라졌다.

외삼촌이 모모코 외숙모를 찾으러 서점을 뛰쳐나간 그날, 외숙모는 결국 서점으로 돌아오지 않았다. 그래도 외삼촌은 외숙모를 만날 수는 있었다. 태어나지 못한 두 사람의 아기가 공양된 절에서였다. 그녀는 절 뒤에 있는 샘에 오랫동안 혼자 서 있었다고 한다.

두 사람이 그곳에서 무슨 얘기를 나눴는지는 자세히 묻지 않았다. 그것은 그 둘 사이의 문제다. 하지만 두 사람의 아기가 잠들어 있는 그 장소에서 거짓말을 나누지는 못했을 것이다. 가장 중요한 건 그곳에서 서로 마음을 열고 얘기했다는 것 아닐까. 어쩌면 모모코 외숙모는 그때도, 그리고 5년 전에 집을 나갔을 때도 외삼촌이 그 장소로 자신을 찾으러 와주길 마음속 어딘가에서 바라고 있었을지도 모른다.

"찾아온 나를 보고 모모코는 그 자리에 무너지듯 쓰러지더니 어린아이같이 소리 내서 엉엉 울었어. 그때 나는 마음 깊은 곳에서부터 그 사람을 사랑하고 있다는 걸 알았어. 눈물이 뚝뚝 떨어졌지. 내가 알아차리지 못했던 것, 눈을 돌리고 있었던 것을 드디어 볼 수 있게 되었다는 생각이 들었어. 나는 모모코를 끌어안고 '가지 마' 하고 몇 번이나 말했지. '나에게는 네가 필요해' 하고. 그런 단순한 말을 거기서 모모코를 만날 때까지 못 했던 거야."

밤늦게 혼자 돌아온 외삼촌은 천천히 그런 이야기를 늘어놓았다. 모모코 외숙모가 함께 오지는 않았지만, 밝은 표정이었다.

"약속했으니까. 둘이서 터놓고 얘기를 나눴고 그리고 언젠가 돌아오겠다고 모모코가 약속했으니까."

외삼촌은 마지막에 그렇게 말했다.

그 후 모모코 외숙모는 무려 1년이 지난 뒤에야 돌아

왔다.

"아무래도 마음의 정리를 해두지 않으면 당신에게 그
냥 기대게 될 것 같아."

헤어질 때 외삼촌에게 그렇게 말했다고 한다. 참으로
씩씩한 외숙모답다.

큰 거리를 빠져나와 사쿠라도리의 좁은 골목을 걸어갔
다. 나란히 늘어선 헌책방들을 빠져나가자 외삼촌의 서점
이 바로 앞에 보였다.

덜그럭덜그럭 기세 좋게 문을 여니 계산대 앞에 떡하
니 앉은 사부 씨가 손을 들었다.

"오, 다카코 쨩."

"어라, 사부 아저씨? 외삼촌은 안 계세요?"

"오랜만인데 냉정하게 외삼촌 안부만 묻냐, 다카코 쨩.
아까 배달한다고 나갔어."

사부 씨는 쿡쿡 웃었다.

"오래간만이야."

사부 씨의 등 뒤에서 밝은 목소리가 들려왔다. 계산대
안쪽에 머리가 짧고 몸집이 작은 여자가 앉아 있었다.

"어, 머리."

내가 말하자 모모코 외숙모는 가지런하게 귀 위까지 짧게 자른 머리에 손을 대며, "응. 잘랐어. 사실은 반성하는 의미로 까까머리를 하려고 했는데 사토루가 말려서" 하고 호쾌하게 웃었다.

아, 역시 모모코 외숙모야. 그녀의 웃는 얼굴을 보며 생각했다.

"그것도 어울리세요."

나는 옆에 앉으며 말했다. 정말로 잘 어울렸다.

"그래?"

모모코 외숙모는 얼굴을 찡그렸다.

정오의 서점은 변함없이 한가로웠다. 모모코 외숙모가 와 있는 것 말고는 아무것도 변한 게 없어서 나는 조금 기뻤다.

"그런데 다카코 짱, 애인이 생겼다면서?"

모모코 외숙모가 평소의 말투로 갑자기 물어왔다.

"어? 누구한테 들으셨어요?"

"지금 사부 씨한테서."

모모코 외숙모가 사부 씨를 가리켰다.

"그게, 스보루의 사장님한테 들었거든."

사부 씨는 뭐가 우스운지 쿡쿡 웃으며 말했다.

"내가 가르쳐준 요리, 잘 만들고 있니?"

모모코 외숙모가 빙글빙글 웃으며 또 물었다. 나는 "아니, 네, 그럭저럭이요" 하고 횡설수설했다. 외숙모가 집요하게 추궁하기에 "아, 정말, 그만하세요!" 비명을 지르는데 마침 그때 문이 열리는 소리가 나며 외삼촌이 돌아왔다.

"다카코, 일찍 왔구나."

외삼촌이 들어오자마자 모모코 외숙모가 물었다.

"있잖아, 사토루. 다카코한테 애인이 생겼다는 거 알고 있었어?"

"어? 난 그런 말 못 들었는데. 정말이니? 왜 나한테 얘기 안 했어?"

외삼촌은 나에게 얼굴을 확 들이댔다.

"아니, 그게, 그러니까……. 이런 얘기는 그만해요."

"맞다!"

모모코 외숙모가 손을 탁 치며 말했다.

"다카코가 결혼하면 그 사람한테 이 가게를 맡으라고 하자. 어차피 뒤를 이을 사람도 없고."

"농담하지 마. 내가 왜 그런 녀석한테!"

외삼촌은 왠지 당황해하면서 큰 소리로 외쳤다.

"당신은 만난 적도 없으면서 어떻게 그런 녀석이라는 걸 아는데?"

모모코 외숙모가 차갑게 말했다.

사부 씨는 쿡쿡 웃고는 "자, 난 그만 집에 가야겠네. 모모코 씨, 또 올게요" 하고 손을 흔들며 기분 좋은 표정으로 서점을 나갔다. 나와 외삼촌에게는 한 마디 인삿말도 하지 않았다.

"순식간에 길들이셨네요."

사부 씨가 돌아간 뒤에 내가 어이없어하자 모모코 외숙모는 "어머, 그럴 생각 없었는데. 그냥 얘기만 했을 뿐이야" 하고 시치미를 뗐다.

"1년 지나서 만났는데 결국 저렇게 길들여지다니, 사부 씨도 별수 없어."

외삼촌이 냉정하기 그지없는 목소리로 불쑥 말해서 나와 모모코 외숙모는 아하하 웃음을 터뜨렸다.

갑자기 벌떡 일어난 모모코 외숙모는 나를 향해 말했다.

"모리사키 모모코, 지금 귀환했습니다."

그녀는 차렷하고 군대식으로 경례를 했다. 나도 재빨리 자세를 바로잡았다.

"잘 다녀오셨어요. 계속 기다렸어요. 이번에도 또 어디론가 사라져 버리시면 진심으로 화낼 거예요."

"너야말로 약속을 깨버리다니. 하지만 이번에는 진심으로 감사해. 고마워, 다카코. 다시 사이좋게 지내는 거지?"

모모코 외숙모는 그렇게 말하면서 내 뺨을 꼬집었다. 이제 거기에도 완전히 익숙해진 나는 외삼촌과 마찬가지로 "그만하세요!" 하고 반쯤 포기한 채 비명을 질렀다.

"오늘은 내가 다카코에게 감사하는 마음을 담아 맛있는 걸 만들어줄게."

모모코 외숙모가 쾅 하고 가슴을 두드렸다.

"장 보러 같이 가줄 거지?"

"물론이죠. 저는 모모코 외숙모의 요리가 먹고 싶어서 온걸요."

나도 생글생글 웃으며 고개를 끄덕였다.

"그보다 다카코. 아까 얘긴데 나는……."

외삼촌이 옆에서 말을 걸어왔지만 나와 외숙모는 무시

하고 밖으로 나왔다.

맑은 하늘에 커다란 구름이 기분 좋게 헤엄치고 있었다. 나는 하늘을 보며 힘차게 기지개를 켜고 잠시 눈을 감았다. 눈꺼풀 안으로 따스한 햇빛이 느껴졌다.

"다카코, 빨리 오지 않으면 놔두고 갈 거야."

소리를 듣고 눈을 뜨니 짧은 머리가 햇볕에 반짝이는 모모코 외숙모가 저만치서 이쪽을 돌아보며 웃고 있었다. 외숙모는 "자아, 자" 하고 손짓하고는 다시 힘차게 걷기 시작했다.

나는 앞을 향해 걸어가는 그녀의 작은 등을 한동안 바라보다 거리로 달려 나갔다.

옮긴이 서혜영 | 서강대학교 국어국문학과를 졸업하고 한양대학교 일어일문학과 박사과정을 마쳤다. 현재 전문 일한 번역가 및 통역가로 활동 중이다. 옮긴 책으로는 『책으로 가는 문』 『전쟁과 죄책』 『하자키 목련 빌라의 살인』 『거울 속 외딴 성』 『달의 영휴』 『떠나보내는 길 위에서』 『밤은 짧아 걸어 아가씨야』 『서른 넘어 함박눈』 『태양은 움직이지 않는다』 『반딧불이의 무덤』 『열심히 하지 않습니다』 『사랑 없는 세계』 『펭귄 하이웨이』 등이 있다.

비 그친 오후의 헌책방

초판 1쇄 발행 2024년 7월 15일
초판 5쇄 발행 2024년 11월 11일

지은이 야기사와 사토시
옮긴이 서혜영
펴낸이 김선식

부사장 김은영
콘텐츠사업본부장 임보윤
기획편집 이승환 **책임마케터** 배한진
콘텐츠사업3팀장 이승환 **콘텐츠사업3팀** 김한솔, 권예진, 이한나
마케팅본부장 권장규 **마케팅2팀** 이고은, 배한진, 양지환 **채널2팀** 권오권, 지석배
미디어홍보본부장 정명찬 **브랜드관리팀** 오수미, 김은지, 이소영, 박장미, 박주현, 서가을
뉴미디어팀 김민정, 홍수경, 변승주
지식교양팀 이수인, 염아라, 석찬미, 김혜원
편집관리팀 조세현, 김호주, 백설희 **저작권팀** 이슬, 윤제희
재무관리팀 하미선, 임혜정, 이슬기, 김주영, 오지수
인사총무팀 강미숙, 이정환, 김혜진, 황종원
제작관리팀 이소현, 김소영, 김진경, 최완규, 이지우, 박예찬
물류관리팀 김형기, 김선민, 주정훈, 김선진, 한유현, 전태연, 양문현, 이민운
외부스태프 디자인 studio forb 표지 그림 임듀이

펴낸곳 다산북스 **출판등록** 2005년 12월 23일 제313-2005-00277호
주소 경기도 파주시 회동길 490 **전화** 02-704-1724 **팩스** 02-703-2219
이메일 dasanbooks@dasanbooks.com **홈페이지** dasan.group **블로그** blog.naver.com/dasan_books
종이 신승INC **인쇄** 민언프린텍 **코팅·후가공** 제이오엘앤피 **제본** 국일문화사

ISBN 979-11-306-5389-1 (03830)

다산북스(DASANBOOKS)는 독자 여러분의 책에 관한 아이디어와 원고 투고를 기쁜 마음으로 기다리고 있습니다.
책 출간을 원하는 아이디어가 있으신 분은 다산북스 홈페이지 '원고투고'란으로 간단한 개요와 취지, 연락처 등을 보내주세요.
머뭇거리지 말고 문을 두드리세요.